COLLECTION FOLIO

Albert Camus

L'été

Gallimard

Ces textes sont extraits de *Noces* suivi de *L'été* (Folio n° 16).

Né à Mondovi en Algérie en 1913, Albert Camus est d'origine alsacienne et espagnole. Son père, ouvrier agricole, est tué au front durant la Première Guerre mondiale et le jeune garçon vit à Alger avec sa mère qui fait des ménages. Élève brillant, il obtient une bourse, passe une licence de philosophie et présente son diplôme d'études supérieures sur les rapports de l'hellénisme et du christianisme à travers Plotin et saint Augustin. Mais, de santé fragile et craignant la routine, il renonce à enseigner. Il s'oriente vers le journalisme. En 1934, il adhère au parti communiste. Son premier essai, *L'envers et l'endroit* livre l'expérience, déjà riche, d'un garçon de vingt-deux ans : le quartier algérois de Belcourt, le misérable foyer familial et surtout « l'admirable silence d'une mère et l'effort d'un homme pour retrouver une justice ou un amour qui équilibre ce silence ». L'année suivante, en 1938, il publie *Noces* qui confirme ses dons d'écrivain. La guerre bouleverse sa vie : la censure interdit *L'Alger républicain* où il travaillait et le jeune homme débarque à Paris où il rejoint la Résistance dans le réseau « Combat » pour des missions de renseignements et de journalisme clandestin. En 1942, paraît *L'étranger*, roman placé sous le sceau de l'absurde et dont il dégage la signification dans un essai, *Le mythe de Sisyphe*. Premiers succès, mais aussi premières critiques et premiers malentendus. Il entre au comité de lecture des Éditions Gallimard et, à la Libération, devient rédacteur en chef de *Combat*. Il prend désormais position sur les grands sujets du moment comme le colonialisme ou la bombe atomique. En 1947, *La peste*, étonnante chronique de la lutte d'une ville contre une épidémie, remporte un immense succès et le pousse à abandonner complètement le journalisme pour la littérature. Il écrit des romans, mais aussi des nouvelles remplies de doutes, comme *L'exil et le royaume*, du théâtre et des essais. Son essai *L'homme révolté* provoque une controverse avec des écrivains tels que Sartre ou Breton. Il adapte les œuvres d'écrivains étrangers comme Faulkner, Buzzati, Calderón ou Dostoïevski avant de publier *La chute*, la confession d'un avocat, en 1956. Il reçoit le prix Nobel de littérature en 1957 et commence un nouveau roman, *Le premier homme*. Un accident de voiture, le 4 janvier 1960, laissera ce roman inachevé.

Écrivain majeur du XXᵉ siècle, Albert Camus est l'auteur d'une œuvre tout entière tournée vers la condition de l'homme et qui, partant de l'absurde, trouve une issue dans la révolte. Aux passions méditerranéennes a succédé un humanisme inquiet et au lyrisme des premiers textes un style rigoureux et lumineux.

Découvrez, lisez ou relisez les livres d'Albert Camus :

ACTUELLES. Écrits politiques (Folio Essais n° 305)

ACTUELLES. Chroniques algériennes (Folio Essais n° 400)

CALIGULA *suivi de* LE MALENTENDU (Folio n° 64)

CALIGULA (Folio Théâtre n° 6 et Folioplus classiques n° 233)

LA CHUTE (Folio n° 10 et Folio Plus n° 36)

DISCOURS DE SUÈDE (Folio n° 2919)

L'ENVERS ET L'ENDROIT (Folio Essais n° 41 et Folioplus classiques n° 247)

L'ÉTRANGER (Folio n° 2 et Folio Plus n° 10)

L'ÉTAT DE SIÈGE (Folio Théâtre n° 52)

L'EXIL ET LE ROYAUME (Folio n° 78)

LES JUSTES (Folio n° 477, Folioplus classiques n° 185)

LETTRES À UN AMI ALLEMAND (Folio n° 2226)

L'HOMME RÉVOLTÉ (Folio Essais n° 15)

LE MALENTENDU (Folio Théâtre n° 18)

LE MYTHE DE SISYPHE (Folio Essais n° 11)

NOCES *suivi de* L'ÉTÉ (Folio n° 16)

LA PESTE (Folio n° 42 et Folio Plus n° 21)

LE PREMIER HOMME (Folio n° 3320)

JONAS OU L'ARTISTE AU TRAVAIL *suivi de* LA PIERRE QUI POUSSA, *extraits de* L'EXIL ET LE ROYAUME (Folio 2 € n° 3788)

LA MORT HEUREUSE (Folio n° 4998)

LES POSSÉDÉS (Folio Théâtre n° 123)

CHRONIQUES ALGÉRIENNES (1939-1958) (ACTUELLES III) (Folio Essais n° 400)

RÉFLEXIONS SUR LA GUILLOTINE (Folioplus philosophie n° 136)

CARNETS, tome 1 : mai 1935-février 1942 (Folio n° 5617)

CARNETS, tome 2 : janvier 1942-mars 1951 (Folio n° 5618)

CARNETS, tome 3 mars 1951-décembre 1959 (Folio n° 5619)

À « COMBAT », éditoriaux et articles (1944-1947) (Folio Essais n° 582)

LA DÉVOTION À LA CROIX DE CALDERÓN. PIÈCE EN TROIS JOURNÉES, adapté de l'espagnol par Albert Camus (Folio Théâtre n° 148)

UN CAS INTÉRESSANT. PIÈCE EN DEUX PARTIES ET ONZE TABLEAUX, adapté d'*Un caso clinico* de Dino Buzatti (Folio Théâtre n° 149)

Pour en savoir plus sur Albert Camus et son œuvre :

ROGER GRENIER *Albert Camus soleil et ombre* (Folio n° 2286)

OLIVIER TODD *Albert Camus, une vie* (Folio n° 3263)

VIRGIL TANASE *Camus* (Folio Biographies n° 65)

Bernard Pingaud commente *L'étranger* (Foliothèque n° 22)

Jacqueline Lévi-Valensi commente *La chute* (Foliothèque n° 58)

Jacqueline Lévi-Valensi commente *La peste* (Foliothèque n° 8)

Mais toi tu es né pour un jour limpide...

HÖLDERLIN.

Cet essai date de 1939. Le lecteur devra s'en souvenir pour juger de ce que pourrait être l'Oran d'aujourd'hui. Des protestations passionnées venues de cette belle ville m'assurent en effet qu'il a été (ou sera) porté remède à toutes les imperfections. Les beautés que cet essai exalte, au contraire, ont été jalousement protégées. Cité heureuse et réaliste, Oran désormais n'a plus besoin d'écrivains : elle attend des touristes.

(1953)

LE MINOTAURE
OU
LA HALTE D'ORAN

à Pierre Galindo.

Il n'y a plus de déserts. Il n'y a plus d'îles. Le besoin pourtant s'en fait sentir. Pour comprendre le monde, il faut parfois se détourner ; pour mieux servir les hommes, les tenir un moment à distance. Mais où trouver la solitude nécessaire à la force, la longue respiration où l'esprit se rassemble et le courage se mesure ? Il reste les grandes villes. Simplement, il y faut encore des conditions.

Les villes que l'Europe nous offre sont trop pleines des rumeurs du passé. Une oreille exercée peut y percevoir des bruits d'ailes, une palpitation d'âmes. On y sent le vertige des siècles, des révolutions, de la gloire. On s'y souvient que l'Occident s'est forgé dans les clameurs. Cela ne fait pas assez de silence.

Paris est souvent un désert pour le cœur, mais à certaines heures, du haut du Père-Lachaise, souffle un vent de révolution qui remplit soudain ce désert de drapeaux et de grandeurs vaincues. Ainsi de quelques villes espagnoles, de Florence ou de Prague. Salzbourg serait paisible sans Mozart. Mais, de loin en loin, court sur la Salzach le grand cri orgueilleux de don Juan plongeant aux enfers. Vienne paraît plus silencieuse, c'est une jeune fille parmi les villes. Les pierres n'y ont pas plus de trois siècles et leur jeunesse ignore la mélancolie. Mais Vienne est à un carrefour d'histoire. Autour d'elle retentissent des chocs d'empires. Certains soirs où le ciel se couvre de sang, les chevaux de pierre, sur les monuments du Ring, semblent s'envoler. Dans cet instant fugitif, où tout parle de puissance et d'histoire, on peut distinctement entendre, sous la ruée des escadrons polonais, la chute fracassante du royaume ottoman. Cela non plus ne fait pas assez de silence.

Certes, c'est bien cette solitude peuplée qu'on vient chercher dans les villes d'Europe. Du moins, les hommes qui savent ce qu'ils ont à faire. Ils peuvent y choisir leur compagnie, la prendre et la laisser. Combien d'esprits se sont trempés dans ce voyage entre leur chambre d'hôtel et les vieilles pierres de l'île Saint-Louis ! Il est vrai que d'autres y ont péri d'isolement. Pour les premiers, en tout cas, ils y trouvaient leurs raisons de croître et de s'affirmer. Ils étaient seuls et ils ne l'étaient pas. Des siècles d'histoire et de beauté, le témoignage ardent de mille vies révolues les accompagnaient le long de la Seine et leur parlaient à la fois de traditions et de conquêtes. Mais leur jeunesse les poussait à appeler cette compagnie. Il vient un temps, des époques, où elle est importune. « À nous deux ! » s'écrie Rastignac, devant l'énorme moisissure de la ville parisienne. Deux, oui, mais c'est encore trop !

Le désert lui-même a pris un sens, on l'a surchargé de poésie. Pour toutes les douleurs du monde, c'est un lieu consacré. Ce que le cœur demande à certains moments, au contraire, ce sont justement des lieux sans poésie. Descartes, ayant à méditer, choisit son désert : la ville la plus commerçante de son époque. Il y trouve sa solitude et l'occasion du plus grand, peut-être, de nos poèmes virils : « Le premier (précepte) était de ne recevoir jamais aucune chose pour vraie que je ne la connusse évidemment être

telle. » On peut avoir moins d'ambition et la
même nostalgie. Mais Amsterdam, depuis trois
siècles, s'est couverte de musées. Pour fuir la
poésie et retrouver la paix des pierres, il faut
d'autres déserts, d'autres lieux sans âme et sans
recours. Oran est l'un de ceux-là.

LA RUE

J'ai souvent entendu des Oranais se plaindre
de leur ville : « Il n'y a pas de milieu intéressant. »
Eh ! parbleu, vous ne le voudriez pas ; quelques
bons esprits ont essayé d'acclimater dans ce
désert les mœurs d'un autre monde, fidèles à ce
principe qu'on ne saurait bien servir, l'art ou les
idées sans se mettre à plusieurs*. Le résultat est
tel que les seuls milieux instructifs restent ceux
des joueurs de poker, des amateurs de boxe, des
boulomanes et des sociétés régionales. Là, du
moins, règne le naturel. Après tout, il existe une

* On rencontre à Oran le Klestakoff de Gogol. Il bâille et
puis : « Je sens qu'il va falloir s'occuper de quelque chose
d'élevé. »

certaine grandeur qui ne prête pas à l'élévation. Elle est inféconde par état. Et ceux qui désirent la trouver, ils laissent les «milieux» pour descendre dans la rue.

Les rues d'Oran sont vouées à la poussière, aux cailloux et à la chaleur. S'il y pleut, c'est le déluge et une mer de boue. Mais pluie ou soleil, les boutiques ont le même air extravagant et absurde. Tout le mauvais goût de l'Europe et de l'Orient s'y est donné rendez-vous. On y trouve, pêle-mêle, des lévriers de marbre, des danseuses au cygne, des Dianes chasseresses en galalithe verte, des lanceurs de disque et des moissonneurs, tout ce qui sert aux cadeaux d'anniversaire ou de mariage, tout le peuple affligeant qu'un génie commercial et farceur ne cesse de susciter sur les dessus de nos cheminées. Mais cette application dans le mauvais goût prend ici une allure baroque qui fait tout pardonner. Voici, offert dans un écrin de poussière, le contenu d'une vitrine : d'affreux modèles en plâtre de pieds torturés, un lot de dessins de Rembrandt «sacrifiés à 150 francs l'un», des «farces-attrapes», des porte-billets tricolores, un pastel du XVIIIe siècle, un bourricot mécanique en peluche, des bouteilles d'eau de Provence pour conserver les olives vertes, et une ignoble vierge en bois, au sourire indécent. (Pour que nul n'en ignore, la « direction » a placé à ses pieds un écriteau : « Vierge en bois. »)

On peut trouver à Oran :

1. Des cafés au comptoir verni de crasse, saupoudré de pattes et d'ailes de mouches, le patron toujours souriant, malgré la salle toujours déserte. Le « petit noir » y coûtait douze sous et le grand, dix-huit.

2. Des boutiques de photographes où la technique n'a pas progressé depuis l'invention du papier sensible. Elles exposent une faune singulière, impossible à rencontrer dans les rues, depuis le pseudo-marin qui s'appuie du coude sur une console, jusqu'à la jeune fille à marier, taille fagotée, bras ballants devant un fond sylvestre. On peut supposer qu'il ne s'agit pas de portraits d'après nature : ce sont des créations.

3. Une édifiante abondance de magasins funéraires. Ce n'est pas qu'à Oran on meure plus qu'ailleurs, mais j'imagine seulement qu'on en fait plus d'histoires.

La sympathique naïveté de ce peuple marchand s'étale jusque dans la publicité. Je lis, sur le prospectus d'un cinéma oranais, l'annonce d'un film de troisième qualité. J'y relève les adjectifs « fastueux », « splendide », « extraordinaire », « prestigieux », « bouleversant » et « formidable ». Pour finir, la direction informe le public des sacrifices considérables qu'elle s'est imposés, afin de pouvoir lui présenter cette étonnante « réalisation ». Cependant, le prix des places ne sera pas augmenté.

On aurait tort de croire que s'exerce seulement ici le goût de l'exagération propre au Midi. Exactement, les auteurs de ce merveilleux prospectus donnent la preuve de leur sens psychologique. Il s'agit de vaincre l'indifférence et l'apathie profonde qu'on ressent dans ce pays dès qu'il s'agit de choisir entre deux spectacles, deux métiers et, souvent même, deux femmes. On ne se décide que forcé. Et la publicité le sait bien. Elle prendra des proportions américaines, ayant les mêmes raisons, ici et là-bas, de s'exaspérer.

Les rues d'Oran nous renseignent enfin sur les deux plaisirs essentiels de la jeunesse locale : se faire cirer les souliers et promener ces mêmes souliers sur le boulevard. Pour avoir une idée juste de la première de ces voluptés, il faut confier ses chaussures, à dix heures, un dimanche matin, aux cireurs du boulevard Gallieni. Juché sur de hauts fauteuils, on pourra goûter alors cette satisfaction particulière que donne, même à un profane, le spectacle d'hommes amoureux de leur métier comme le sont visiblement les cireurs oranais. Tout est travaillé dans le détail. Plusieurs brosses, trois variétés de chiffons, le cirage combiné à l'essence : on peut croire que l'opération est terminée devant le parfait éclat qui naît sous la brosse douce. Mais la même main acharnée repasse du cirage sur la surface brillante, la frotte, la ternit, conduit la crème jusqu'au cœur des peaux et fait alors jaillir, sous la même brosse, un double et vraiment définitif éclat sorti des profondeurs du cuir.

Les merveilles ainsi obtenues sont ensuite exhibées devant les connaisseurs. Il convient, pour apprécier ces plaisirs tirés du boulevard, d'assister aux bals masqués de la jeunesse qui ont lieu tous les soirs sur les grandes artères de la ville. Entre seize et vingt ans. En effet, les jeunes Oranais de la « Société » empruntent leurs modèles d'élégance au cinéma américain et se travestissent avant d'aller dîner. Chevelure ondulée et gominée, débordant d'un feutre penché sur l'oreille gauche et cassé sur l'œil droit, le cou serré dans un col assez considérable pour prendre le relais des cheveux, le nœud de cravate microscopique soutenu par une épingle rigoureuse, le veston à mi-cuisse et la taille tout près des hanches, le pantalon clair et court, les souliers éclatants sur leur triple semelle, cette jeunesse, tous les soirs, fait sonner sur les trottoirs son imperturbable aplomb et le bout ferré de ses chaussures. Elle s'applique en toutes choses à imiter l'allure, la rondeur et la supériorité de M. Clark Gable. À ce titre, les esprits critiques de la ville surnomment communément ces jeunes gens, par la grâce d'une insouciante prononciation, les « Clarque ».

Dans tous les cas, les grands boulevards d'Oran sont envahis, à la fin des après-midi, par une armée de sympathiques adolescents qui se donnent le plus grand mal pour paraître de mauvais garçons. Comme les jeunes Oranaises se sentent promises de tout temps à ces gangsters au cœur tendre, elles affichent également le maquillage et l'élégance des grandes actrices américaines. Les mêmes mauvais esprits les appellent en conséquence des « Marlène », Ainsi, lorsque sur les boulevards du soir un bruit d'oiseaux monte des palmiers vers le ciel, des dizaines de Clarque et de Marlène se rencontrent, se toisent et s'évaluent, heureux de vivre et de paraître, livrés pour une heure au vertige des existences parfaites. On assiste alors, disent les jaloux, aux réunions de la commission américaine. Mais on sent à ces mots l'amertume des plus de trente ans qui n'ont rien à faire dans ces jeux. Ils méconnaissent ces congrès quotidiens de la jeunesse et du romanesque. Ce sont, en vérité, les parlements d'oiseaux qu'on rencontre dans la littérature hindoue. Mais on n'agite pas sur les boulevards d'Oran le problème de l'être et l'on ne s'inquiète pas du chemin de la perfection. Il ne reste que des battements d'ailes, des roues empanachées, des grâces coquettes et victorieuses, tout l'éclat d'un chant insouciant qui disparaît avec la nuit.

J'entends d'ici Klestakoff : « Il faudra s'occuper de quelque chose d'élevé. » Hélas ! il en est bien capable. Qu'on le pousse et il peuplera ce désert avant quelques années. Mais, pour le moment, une âme un peu secrète doit se délivrer dans cette ville facile, avec son défilé de jeunes filles fardées, et cependant incapables d'apprêter l'émotion, simulant si mal la coquetterie que la ruse est tout de suite éventée. S'oc-

cuper de quelque chose d'élevé! Voyez plutôt :
Santa Cruz ciselée dans le roc, les montagnes, la
mer plate, le vent violent et le soleil, les grandes
grues du port, les trains, les hangars, les quais et
les rampes gigantesques qui gravissent le rocher
de la ville, et dans la ville elle-même ces jeux et
cet ennui, ce tumulte et cette solitude. Peut-être,
en effet, tout cela n'est-il pas assez élevé. Mais le
grand prix de ces îles surpeuplées, c'est que le
cœur s'y dénude. Le silence n'est plus possible
que dans les villes bruyantes. D'Amsterdam,
Descartes écrit au vieux Balzac : « Je vais me promener tous les jours parmi la confusion d'un
grand peuple, avec autant de liberté et de repos
que vous sauriez faire dans vos allées*. »

LE DÉSERT À ORAN

Forcés de vivre devant un admirable paysage,
les Oranais ont triomphé de cette redoutable
épreuve en se couvrant de constructions bien

---

* En souvenir sans doute de ces bonnes paroles, une Société
oranaise de conférences et de discussion s'est organisée à l'enseigne du Cogito-Club.

laides. On s'attend à une ville ouverte sur la mer, lavée, rafraîchie par la brise des soirs. Et, mis à part le quartier espagnol*, on trouve une cité qui présente le dos à la mer, qui s'est construite en tournant sur elle-même, à la façon d'un escargot. Oran est un grand mur circulaire et jaune, recouvert d'un ciel dur. Au début, on erre dans le labyrinthe, on cherche la mer comme le signe d'Ariane. Mais on tourne en rond dans des rues fauves et oppressantes, et, à la fin, le Minotaure dévore les Oranais : c'est l'ennui. Depuis longtemps, les Oranais n'errent plus. Ils ont accepté d'être mangés.

On ne peut pas savoir ce qu'est la pierre sans venir à Oran. Dans cette ville poussiéreuse entre toutes, le caillou est roi. On l'aime tant que les commerçants l'exposent dans leurs vitrines pour maintenir des papiers, ou encore pour la seule montre. On en fait des tas le long des rues, sans doute pour le plaisir des yeux, puisque, un an après, le tas est toujours là. Ce qui, ailleurs, tire sa poésie du végétal, prend ici un visage de pierre. On a soigneusement recouvert de poussière la centaine d'arbres qu'on peut rencontrer

---

* Et le nouveau boulevard Front-de-Mer.

dans la ville commerçante. Ce sont des végétaux pétrifiés qui laissent tomber de leurs branches une odeur âcre et poussiéreuse. À Alger, les cimetières arabes ont la douceur que l'on sait. À Oran, au-dessus du ravin Ras-el-Aïn, face à la mer cette fois, ce sont, plaqués contre le ciel bleu, des champs de cailloux crayeux et friables où le soleil allume d'aveuglants incendies. Au milieu de ces ossements de la terre, un géranium pourpre, de loin en loin, donne sa vie et son sang frais au paysage. La ville entière s'est figée dans une gangue pierreuse. Vue des Planteurs, l'épaisseur des falaises qui l'enserrent est telle que le paysage devient irréel à force d'être minéral. L'homme en est proscrit. Tant de beauté pesante semble venir d'un autre monde.

Si l'on peut définir le désert un lieu sans âme où le ciel est seul roi, alors Oran attend ses prophètes. Tout autour et au-dessus de la ville, la nature brutale de l'Afrique est en effet parée de ses brûlants prestiges. Elle fait éclater le décor malencontreux dont on la couvre, elle pousse ses cris violents entre chaque maison et au-dessus de tous les toits. Si l'on monte sur une des routes, au flanc de la montagne de Santa-Cruz, ce qui apparaît d'abord, ce sont les cubes dispersés et coloriés d'Oran. Mais un peu plus haut, et déjà les falaises déchiquetées qui entourent le plateau s'accroupissent dans la mer comme des bêtes rouges. Un peu plus haut encore, et de grands tourbillons de soleil et de vent recouvrent, aèrent et confondent la ville débraillée, dispersée sans ordre aux quatre coins d'un paysage rocheux. Ce qui s'oppose ici, c'est la magnifique anarchie humaine et la permanence d'une mer toujours égale. Cela suffit pour que monte vers la route à flanc de coteau une bouleversante odeur de vie.

Le désert a quelque chose d'implacable. Le ciel minéral d'Oran, ses rues et ses arbres dans leur enduit de poussière, tout contribue à créer cet univers épais et impassible où le cœur et l'esprit ne sont jamais distraits d'eux-mêmes, ni de leur seul objet qui est l'homme. Je parle ici de retraites difficiles. On écrit des livres sur Florence ou Athènes. Ces villes ont formé tant d'esprits européens qu'il faut bien qu'elles aient un sens. Elles gardent de quoi attendrir ou exalter. Elles apaisent une certaine faim de l'âme dont l'aliment est le souvenir. Mais comment s'attendrir sur une ville où rien ne sollicite l'esprit, où la laideur même est anonyme, où le passé est

réduit à rien ? Le vide, l'ennui, un ciel indifférent, quelles sont les séductions de ces lieux ?
C'est sans doute la solitude et, peut-être, la créa-
ture. Pour une certaine race d'hommes, la créa-
ture, partout où elle est belle, est une amère
patrie. Oran est l'une de ses mille capitales.

LES JEUX

Le Central Sporting Club, rue du Fondouk,
à Oran, donne une soirée pugilistique dont il
affirme qu'elle sera appréciée par les vrais amateurs. En style clair, cela signifie que les boxeurs
à l'affiche sont loin d'être des vedettes, que
quelques-uns d'entre eux montent sur le ring
pour la première fois, et qu'en conséquence on
peut compter, sinon sur la science, du moins sur
le cœur des adversaires. Un Oranais m'ayant
électrisé par la promesse formelle « qu'il y aurait
du sang », je me trouve ce soir-là parmi les vrais
amateurs.

Apparemment, ceux-ci ne réclament jamais
de confort. On a, en effet, dressé un ring au

fond d'une sorte de garage crépi à la chaux, couvert de tôle ondulée et violemment éclairé. Des chaises pliantes ont été rangées en carré autour des cordes. Ce sont les « rings d'honneur ». On a disposé des sièges dans la longueur, et, au fond de la salle, s'ouvre un vaste espace libre nommé promenoir, en raison du fait que pas une des cinq cents personnes qui s'y trouvent ne saurait tirer son mouchoir sans provoquer de graves accidents. Dans cette caisse rectangulaire respirent un millier d'hommes et deux ou trois femmes — de celles qui, selon mon voisin, tiennent toujours « à se faire remarquer ». Tout le monde sue férocement. En attendant les combats d'« espoirs », un gigantesque pick-up broie du Tino Rossi. C'est la romance avant le meurtre.

La patience d'un véritable amateur est sans limites. La réunion annoncée pour vingt et une heures n'est pas encore commencée à vingt et une heure trente, et personne n'a protesté. Le printemps est chaud, l'odeur d'une humanité en manches de chemise exaltante. On discute ferme parmi les éclatements périodiques des bouchons de limonade et l'inlassable lamentation du chanteur corse. Quelques nouveaux arrivants sont encastrés dans le public, quand un projecteur fait pleuvoir une lumière aveuglante sur le ring. Les combats d'espoirs commencent.

Les espoirs, ou débutants, qui combattent pour le plaisir, ont toujours à cœur de le prouver en se massacrant d'urgence, au mépris de toute technique. Ils n'ont jamais pu durer plus de trois rounds. Le héros de la soirée à cet égard est le jeune « Kid Avion » qui, pour l'ordinaire, vend des billets de loterie aux terrasses des cafés. Son adversaire, en effet, a capoté malencontreusement hors du ring, au début du deuxième round, sous le choc d'un poing manié comme une hélice.

La foule s'est un peu animée, mais c'est encore une politesse. Elle respire avec gravité l'odeur sacrée de l'embrocation. Elle contemple ces successions de rites lents et de sacrifices désordonnés, rendus plus authentiques encore par les dessins propitiatoires, sur la blancheur du mur, des ombres combattantes. Ce sont les prologues cérémonieux d'une religion sauvage et calculée. La transe ne viendra que plus tard.

Et, justement, le pick-up annonce Amar, « le coriace Oranais qui n'a pas désarmé », contre Pérez, « le puncheur algérois ». Un profane interpréterait mal les hurlements qui accueillent la présentation des boxeurs sur le ring. Il imaginerait quelque combat sensationnel où les boxeurs auraient à vider une querelle personnelle, connue du public. Au vrai, c'est bien une querelle qu'ils vont vider. Mais il s'agit de celle qui, depuis cent ans, divise mortellement Alger et Oran. Avec un peu de recul dans les siècles, ces deux villes nord-africaines se seraient déjà saignées à blanc, comme le firent Pise et Florence en des temps plus heureux. Leur rivalité est d'autant plus forte qu'elle ne tient sans doute à rien. Ayant toutes les raisons de s'aimer, elles se détestent en proportion. Les Oranais accusent les Algérois de «chiqué». Les Algérois laissent entendre que les Oranais n'ont pas l'usage du monde. Ce sont là des injures plus sanglantes qu'il n'apparaît, parce qu'elles sont métaphysiques. Et faute de pouvoir s'assiéger, Oran et Alger se rejoignent, luttent et s'injurient sur le terrain du sport, des statistiques et des grands travaux.

C'est donc une page d'histoire qui se déroule sur le ring. Et le coriace Oranais, soutenu par un millier de voix hurlantes, défend contre Pérez une manière de vivre et l'orgueil d'une province. La vérité oblige à dire qu'Amar mène mal sa discussion. Son plaidoyer a un vice de forme : il manque d'allonge. Celui du puncheur algérois, au contraire, a la longueur voulue. Il porte avec persuasion sur l'arcade sourcilière de son contradicteur. L'Oranais pavoise magnifiquement, au milieu des vociférations d'un public déchaîné. Malgré les encouragements répétés de la galerie et de mon voisin, malgré les intrépides «Crève-le», «Donne-lui de l'orge», les insidieux «Coup bas», «Oh! l'arbitre, il a rien vu», les optimistes «Il est pompé», «Il en peut plus», l'Algérois est proclamé vainqueur aux points sous d'interminables huées. Mon voisin, qui parle volontiers d'esprit sportif, applaudit ostensiblement, dans le temps où il me glisse d'une voix éteinte par tant de cris : «Comme ça, il ne pourra pas dire *là-bas* que les Oranais sont des sauvages.»

Mais, dans la salle, des combats que le programme ne comportait pas ont déjà éclaté. Des chaises sont brandies, la police se fraye un chemin, l'exaltation est à son comble. Pour calmer ces bons esprits et contribuer au retour du silence, la «direction», sans perdre un instant, charge le pick-up de vociférer *Sambre-et-Meuse*.

Pendant quelques minutes, la salle a grande allure. Des grappes confuses de combattants et d'arbitres bénévoles oscillent sous des poignes d'agents, la galerie exulte et réclame la suite par le moyen de cris sauvages, de cocoricos ou de miaulements farceurs noyés dans le fleuve irrésistible de la musique militaire.

Mais il suffit de l'annonce du grand combat pour que le calme revienne. Cela se fait brusquement, sans fioritures, comme des acteurs quittent le plateau, une fois la pièce finie. Avec le plus grand naturel, les chapeaux sont époussetés, les chaises rangées, et tous les visages revêtent sans transition l'expression bienveillante du spectateur honnête qui a payé sa place pour assister à un concert de famille.

Le dernier combat oppose un champion français de la marine à un boxeur oranais. Cette fois, la différence d'allonge est au profit de ce dernier. Mais ses avantages, pendant les premiers rounds, ne remuent pas la foule. Elle cuve son excitation, elle se remet. Son souffle est encore court. Si elle applaudit, la passion n'y est pas. Elle siffle sans animosité. La salle se partage en deux camps, il le faut bien pour la bonne règle. Mais le choix de chacun obéit à cette indiffé-

rence qui suit les grandes fatigues. Si le Français
« tient », si l'Oranais oublie qu'on n'attaque pas
avec la tête, le boxeur est courbé par une bor-
dée de sifflets, mais aussitôt redressé par une
salve d'applaudissements. Il faut arriver au sep-
tième round pour que le sport revienne à la surface, dans le même temps où les vrais amateurs
commencent à émerger de leur fatigue. Le Français, en effet, est allé au tapis et, désireux de
regagner des points, s'est rué sur son adversaire.
« Ça y est, a dit mon voisin, ça va être la corrida. » En effet, c'est la corrida. Couverts de
sueur sous l'éclairage implacable, les deux
boxeurs ouvrent leur garde, tapent en fermant
les yeux, poussent des épaules et des genoux,
échangent leur sang et reniflent de fureur. Du
même coup, la salle s'est dressée et scande les
efforts de ses deux héros. Elle reçoit les coups,
les rend, les fait retentir en mille voix sourdes et
haletantes. Les mêmes qui avaient choisi leur
favori dans l'indifférence se tiennent dans leur
choix par entêtement, et s'y passionnent. Toutes
les dix secondes, un cri de mon voisin pénètre
dans mon oreille droite : « Vas-y, col bleu, allez,
marine ! » pendant qu'un spectateur devant nous
hurle à l'Oranais : « Anda ! hombre ! » L'homme

et le col bleu y vont et, avec eux, dans ce temple
de chaux, de tôle et de ciment, une salle tout
entière livrée à des dieux au front bas. Chaque
coup qui sonne mat sur les pectoraux luisants
retentit en vibrations énormes dans le corps
même de la foule qui fournit avec les boxeurs
son dernier effort.

Dans cette atmosphère, le match nul est mal
accueilli. Il contrarie dans le public, en effet, une
sensibilité toute manichéenne. Il y a le bien et
le mal, le vainqueur et le vaincu. Il faut avoir
raison si l'on n'a pas tort. La conclusion de cette
logique impeccable est immédiatement fournie
par deux mille poumons énergiques qui accusent les juges d'être vendus, ou achetés. Mais le
col bleu est allé embrasser son adversaire sur le
ring et boit sa sueur fraternelle. Cela suffit pour
que la salle, immédiatement retournée, éclate en
applaudissements. Mon voisin a raison : ce ne
sont pas des sauvages.

La foule qui s'écoule au-dehors, sous un ciel
plein de silence et d'étoiles, vient de livrer le plus
épuisant des combats. Elle se tait, disparaît fur-
tivement, sans forces pour l'exégèse. Il y a le bien
et le mal, cette religion est sans merci. La
cohorte des fidèles n'est plus qu'une assemblée

d'ombres noires et blanches qui disparaît dans la nuit. C'est que la force et la violence sont des dieux solitaires. Ils ne donnent rien au souvenir. Ils distribuent, au contraire, leurs miracles à pleines poignées dans le présent. Ils sont à la mesure de ce peuple sans passé qui célèbre ses communions autour des rings. Ce sont des rites un peu difficiles, mais qui simplifient tout. Le bien et le mal, le vainqueur et le vaincu : à Corinthe, deux temples voisinaient, celui de la Violence et celui de la Nécessité.

LES MONUMENTS

Pour bien des raisons qui tiennent autant à l'économie qu'à la métaphysique, on peut dire que le style oranais, s'il en est un, s'est illustré avec force et clarté dans le singulier édifice appelé Maison du Colon. De monuments, Oran ne manque guère. La ville a son compte de maréchaux d'Empire, de ministres et de bienfaiteurs locaux. On les rencontre sur des petites places poussiéreuses, résignés à la pluie comme au soleil, convertis eux aussi à la pierre et à l'ennui. Mais ils représentent cependant des apports extérieurs. Dans cette heureuse barbarie, ce sont les marques regrettables de la civilisation.

Oran, au contraire, s'est élevé à elle-même ses autels et ses rostres. En plein cœur de la ville commerçante, ayant à construire une maison commune pour les innombrables organismes agricoles qui font vivre ce pays, les Oranais ont médité d'y bâtir, dans le sable et la chaux, une image convaincante de leurs vertus : la Maison du Colon. Si l'on en juge par l'édifice, ces vertus sont au nombre de trois : la hardiesse dans le goût, l'amour de la violence, et le sens des synthèses historiques. L'Égypte, Byzance et Munich ont collaboré à la délicate construction d'une pâtisserie figurant une énorme coupe renversée. Des pierres multicolores, du plus vigoureux effet, sont venues encadrer le toit. La vivacité de ces mosaïques est si persuasive qu'au premier abord on ne voit rien, qu'un éblouissement informe. Mais de plus près, et l'attention éveillée, on voit qu'elles ont un sens : un gracieux colon, à nœud papillon et à casque de liège blanc, y reçoit l'hommage d'un cortège d'es-

claves vêtus à l'antique*. L'édifice et ses enlu-
minures ont été enfin placés au milieu d'un carrefour, dans le va-et-vient des petits tramways à
nacelle dont la saleté est un des charmes de la
ville.

Oran tient beaucoup d'autre part aux deux
lions de sa place d'Armes. Depuis 1888, ils trô-
nent de chaque côté de l'escalier municipal.
Leur auteur s'appelait Caïn. Ils ont de la majesté
et le torse court. On raconte que, la nuit, ils descendent l'un après l'autre de leur socle, tournent
silencieusement autour de la place obscure, et,
à l'occasion, urinent longuement sous les grands
ficus poussiéreux. Ce sont, bien entendu, des
on-dit auxquels les Oranais prêtent une oreille
complaisante. Mais cela est invraisemblable.

Malgré quelques recherches, je n'ai pu me
passionner pour Caïn. J'ai seulement appris
qu'il avait la réputation d'un animalier adroit.
Cependant, je pense souvent à lui. C'est une
pente d'esprit qui vous vient à Oran. Voici un
artiste au nom sonore qui a laissé ici une œuvre
sans importance. Plusieurs centaines de milliers
d'hommes sont familiarisés avec les fauves

* Une autre des qualités de la race algérienne est, on le voit,
la franchise.

débonnaires qu'il a placés devant une mairie prétentieuse. C'est une façon comme une autre de réussir en art. Sans doute, ces deux lions, comme des milliers d'œuvres du même genre, témoignent de tout autre chose que de talent. On a pu faire la « Ronde de Nuit », « saint François recevant les stigmates », « David » ou « l'Exaltation de la Fleur ». Caïn, lui, a dressé deux mufles hilares sur la place d'une province commerçante, outre-mer. Mais le David croulera un jour avec Florence et les lions seront peut-être sauvés du désastre. Encore une fois, ils témoignent d'autre chose.

Peut-on préciser cette idée ? Il y a dans cette œuvre de l'insignifiance et de la solidité. L'esprit n'y est pour rien et la matière pour beaucoup. La médiocrité veut durer par tous les moyens, y compris le bronze. On lui refuse ses droits à l'éternité et elle les prend tous les jours. N'est-ce pas elle, l'éternité ? En tout cas, cette persévérance a de quoi émouvoir, et elle porte sa leçon, celle de tous les monuments d'Oran et d'Oran elle-même. Une heure par jour, une fois parmi d'autres, elle vous force à porter attention à ce qui n'a pas d'importance. L'esprit trouve profit à ces retours. C'est un peu son hygiène, et, puisqu'il lui faut absolument ses moments d'humilité, il me semble que cette occasion de s'abêtir est meilleure que d'autres. Tout ce qui est périssable désire durer. Disons donc que tout veut durer. Les œuvres humaines ne signifient rien d'autre et, à cet égard, les lions de Caïn ont les mêmes chances que les ruines d'Angkor. Cela incline à la modestie.

Il est d'autres monuments oranais. Ou du moins, il faut bien leur donner ce nom puisque eux aussi témoignent pour leur ville, et de façon plus significative peut-être. Ce sont les grands travaux qui recouvrent actuellement la côte sur une dizaine de kilomètres. En principe, il s'agit de transformer la plus lumineuse des baies en un port gigantesque. En fait, c'est encore une occasion pour l'homme de se confronter avec la pierre.

Dans les tableaux de certains maîtres flamands on voit revenir avec insistance un thème d'une ampleur admirable : la construction de la Tour de Babel. Ce sont des paysages démesurés, des roches qui escaladent le ciel, des escarpements où foisonnent ouvriers, bêtes, échelles, machines étranges, cordes, traits. L'homme, d'ailleurs, n'est là que pour faire mesurer la grandeur inhumaine du chantier. C'est à cela qu'on pense sur la corniche oranaise, à l'ouest de la ville.

Accrochés à d'immenses pentes, des rails, des wagonnets, des grues, des trains minuscules... Au milieu d'un soleil dévorant, des locomotives pareilles à des jouets contournent d'énormes blocs parmi les sifflets, la poussière et la fumée. Jour et nuit, un peuple de fourmis s'activent sur la carcasse fumante de la montagne. Pendus le long d'une même corde contre le flanc de la falaise, des dizaines d'hommes, le ventre appuyé aux poignées des défonceuses automatiques, tressaillent dans le vide à longueur de journée, et détachent des pans entiers de rochers qui croulent dans la poussière et les grondements. Plus loin, des wagonnets se renversent au-dessus des pentes, et les rochers, déversés brusquement vers la mer, s'élancent et roulent dans l'eau, chaque gros bloc suivi d'une volée de pierres plus légères. À intervalles réguliers, dans le cœur de la nuit, en plein jour, des détonations ébranlent toute la montagne et soulèvent la mer elle-même.

L'homme, au milieu de ce chantier, attaque la pierre de front. Et si l'on pouvait oublier, un

instant au moins, le dur esclavage qui rend possible ce travail, il faudrait admirer. Ces pierres,
arrachées à la montagne, servent l'homme dans
ses desseins. Elles s'accumulent sous les premières vagues, émergent peu à peu et s'ordon-
nent enfin suivant une jetée, bientôt couverte
d'hommes et de machines, qui avancent jour
après jour, vers le large. Sans désemparer,
d'énormes mâchoires d'acier fouillent le ventre
de la falaise, tournent sur elles-mêmes, et viennent dégorger dans l'eau leur trop-plein de pier-
railles. À mesure que le front de la corniche
s'abaisse, la côte entière gagne irrésistiblement
sur la mer.

Bien sûr, détruire la pierre n'est pas possible.
On la change seulement de place. De toute
façon, elle durera plus que les hommes qui s'en
servent. Pour le moment, elle appuie leur
volonté d'action. Cela même sans doute est
inutile. Mais changer les choses de place, c'est
le travail des hommes : il faut choisir de faire
cela ou rien*. Visiblement, les Oranais ont
choisi. Devant cette baie indifférente, pendant

---

* Cet essai traite d'une certaine tentation. Il faut l'avoir
connue. On peut ensuite agir, ou non, mais en connaissance
de cause.

des années encore, ils entasseront des amas de cailloux le long de la côte. Dans cent ans, c'est-à-dire demain, il faudra recommencer. Mais aujourd'hui ces amoncellements de rochers témoignent pour les hommes au masque de poussière et de sueur qui circulent au milieu d'eux. Les vrais monuments d'Oran, ce sont encore ses pierres.

LA PIERRE D'ARIANE

Il semble que les Oranais soient comme cet ami de Flaubert qui, au moment de mourir, jetant un dernier regard sur cette terre irremplaçable, s'écriait : « Fermez la fenêtre, c'est trop beau. » Ils ont fermé la fenêtre, ils se sont emmurés, ils ont exorcisé le paysage. Mais le Poittevin est mort, et, après lui, les jours ont continué de rejoindre les jours. De même, au-delà des murs jaunes d'Oran, la mer et la terre poursuivent leur dialogue indifférent. Cette permanence dans le monde a toujours eu pour l'homme des prestiges opposés. Elle le désespère et l'exalte. Le monde ne dit jamais qu'une seule chose, et il intéresse, puis il lasse. Mais, à la fin, il l'emporte à force d'obstination. Il a toujours raison.

Déjà, aux portes mêmes d'Oran, la nature hausse le ton. Du côté de Canastel, ce sont d'immenses friches, couvertes de broussailles odorantes. Le soleil et le vent n'y parlent que de solitude. Au-dessus d'Oran, c'est la montagne de Santa Cruz, le plateau et les mille ravins qui y mènent. Des routes, jadis carrossables, s'accrochent au flanc des coteaux qui dominent la mer. Au mois de janvier, certaines sont couvertes de fleurs. Pâquerettes et boutons d'or en font des allées fastueuses, brodées de jaune et de blanc. De Santa Cruz, tout a été dit. Mais si j'avais à en parler, j'oublierais les cortèges sacrés qui gravissent la dure colline, aux grandes fêtes, pour évoquer d'autres pèlerinages. Solitaires, ils cheminent dans la pierre rouge, s'élèvent au-dessus de la baie immobile, et viennent consacrer au dénuement une heure lumineuse et parfaite.

Oran a aussi ses déserts de sable : ses plages. Celles qu'on rencontre, tout près des portes, ne sont solitaires qu'en hiver et au printemps. Ce sont alors des plateaux couverts d'asphodèles, peuplés de petites villas nues, au milieu des fleurs. La mer gronde un peu, en contrebas. Déjà pourtant, le soleil, le vent léger, la blancheur des asphodèles, le bleu cru du ciel, tout laisse imaginer l'été, la jeunesse dorée qui couvre alors la plage, les longues heures sur le sable et la douceur subite des soirs. Chaque année, sur ces rivages, c'est une nouvelle moisson de filles fleurs. Apparemment, elles n'ont qu'une saison. L'année suivante, d'autres corolles chaleureuses les remplacent qui, l'été d'avant, étaient encore des petites filles aux corps durs comme des bourgeons. À onze heures du matin, descendant du plateau, toute cette jeune chair, à peine vêtue d'étoffes bariolées, déferle sur le sable comme une vague multicolore.

Il faut aller plus loin (singulièrement près, cependant, de ce lieu où deux cent mille hommes tournent en rond) pour découvrir un paysage toujours vierge : de longues dunes désertes où le passage des hommes n'a laissé d'autres traces qu'une cabane vermoulue. De loin en loin, un berger arabe fait avancer sur le sommet des dunes les taches noires et beiges de son troupeau de chèvres. Sur ces plages d'Oranie, tous les matins d'été ont l'air d'être les premiers du monde. Tous les crépuscules semblent être les derniers, agonies solennelles annoncées au coucher du soleil par une dernière lumière qui fonce toutes les teintes. La mer est outre-mer, la route couleur de sang caillé, la plage jaune. Tout disparaît avec le soleil vert; une heure plus tard, les dunes ruissellent de lune. Ce sont alors des nuits sans mesure sous une pluie d'étoiles. Des orages les traversent parfois, et les éclairs coulent le long des dunes, pâlissent le ciel, mettent sur le sable et dans les yeux des lueurs orangées.

Mais ceci ne peut se partager. Il faut l'avoir vécu. Tant de solitude et de grandeur donne à ces lieux un visage inoubliable. Dans la petite aube tiède, passé les premières vagues encore noires et amères, c'est un être neuf qui fend l'eau, si lourde à porter, de la nuit. Le souvenir de ces joies ne me les fait pas regretter et je reconnais ainsi qu'elles étaient bonnes. Après tant d'années, elles durent encore, quelque part dans ce cœur aux fidélités pourtant difficiles. Et je sais qu'aujourd'hui, sur la dune déserte, si je veux m'y rendre, le même ciel déversera encore sa cargaison de souffles et d'étoiles. Ce sont ici les terres de l'innocence.

Mais l'innocence a besoin du sable et des pierres. Et l'homme a désappris d'y vivre. Il faut le croire du moins, puisqu'il s'est retranché dans cette ville singulière où dort l'ennui. Cependant, c'est cette confrontation qui fait le prix d'Oran. Capitale de l'ennui, assiégée par l'innocence et la beauté, l'armée qui l'enserre a autant de soldats que de pierres. Dans la ville, et à certaines heures, pourtant, quelle tentation de passer à l'ennemi ! quelle tentation de s'identifier à ces pierres, de se confondre avec cet univers brûlant et impassible qui défie l'histoire et ses agitations ! Cela est vain sans doute. Mais il y a dans chaque homme un instinct profond qui n'est ni celui de la destruction ni celui de la création. Il s'agit seulement de ne ressembler à rien. À l'ombre des murs chauds d'Oran, sur son asphalte poussiéreux, on entend parfois cette invitation. Il semble que, pour un temps, les esprits qui y cèdent ne soient jamais frustrés. Ce sont les ténèbres d'Eurydice et le sommeil d'Isis. Voici les déserts où la pensée va se reprendre, la main fraîche du soir sur un cœur agité. Sur cette Montagne des Oliviers, la veille est inutile ; l'esprit rejoint et approuve les Apôtres endormis.

Avaient-ils vraiment tort ? Ils ont eu tout de même leur révélation.

Pensons à Çakya-Mouni au désert. Il y demeura de longues années, accroupi, immobile et les yeux au ciel. Les dieux eux-mêmes lui enviaient cette sagesse et ce destin de pierre. Dans ses mains tendues et raidies, les hirondelles avaient fait leur nid. Mais, un jour, elles s'envolèrent à l'appel de terres lointaines. Et celui qui avait tué en lui désir et volonté, gloire et douleur, se mit à pleurer. Il arrive ainsi que des fleurs poussent sur le rocher. Oui, consentons à la pierre quand il le faut. Ce secret et ce transport que nous demandons aux visages, elle peut aussi nous les donner. Sans doute, cela ne saurait durer. Mais qu'est-ce donc qui peut durer ? Le secret des visages s'évanouit et nous voilà relancés dans la chaîne des désirs. Et si la pierre ne peut pas plus pour nous que le cœur humain, elle peut du moins juste autant.

« N'être rien ! » Pendant des millénaires, ce grand cri a soulevé des millions d'hommes en révolte contre le désir et la douleur. Ses échos sont venus mourir jusqu'ici, à travers les siècles et les océans, sur la mer la plus vieille du monde. Ils rebondissent encore sourdement contre les

falaises compactes d'Oran. Tout le monde, dans
ce pays, suit, sans le savoir, ce conseil. Bien
entendu, c'est à peu près en vain. Le néant ne
s'atteint pas plus que l'absolu. Mais puisque
nous recevons, comme autant de grâces, les
signes éternels que nous apportent les roses ou
la souffrance humaine, ne rejetons pas non plus
les rares invitations au sommeil que nous dispense la terre. Les unes ont autant de vérité que
les autres.

Voilà, peut-être, le fil d'Ariane de cette ville
somnambule et frénétique. On y apprend les
vertus, toutes provisoires, d'un certain ennui.
Pour être épargné, il faut dire « oui » au Minotaure. C'est une vieille et féconde sagesse. Au-
dessus de la mer, silencieuse au pied des falaises
rouges, il suffit de se tenir dans un juste équilibre, à mi-distance des deux caps massifs qui, à
droite et à gauche, baignent dans l'eau claire.
Dans le halètement d'un garde-côte, qui rampe
sur l'eau du large, baigné de lumière radieuse,
on entend distinctement alors l'appel étouffé de
forces inhumaines et étincelantes : c'est l'adieu
du Minotaure.

Il est midi, le jour lui-même est en balance.
Son rite accompli, le voyageur reçoit le prix de

sa délivrance : la petite pierre, sèche et douce comme un asphodèle, qu'il ramasse sur la falaise. Pour l'initié, le monde n'est pas plus lourd à porter que cette pierre. La tâche d'Atlas est facile, il suffit de choisir son heure. On comprend alors que pour une heure, un mois, un an, ces rivages peuvent se prêter à la liberté. Ils accueillent pêle-mêle, et sans les regarder, le moine, le fonctionnaire ou le conquérant. Il y a des jours où j'attendais de rencontrer, dans les rues d'Oran, Descartes ou César Borgia. Cela n'est pas arrivé. Mais un autre sera peut-être plus heureux. Une grande action, une grande œuvre, la méditation virile demandaient autrefois la solitude des sables ou du couvent. On y menait les veillées d'armes de l'esprit. Où les célébrerait-on mieux maintenant que dans le vide d'une grande ville installée pour longtemps dans la beauté sans esprit ?

Voici la petite pierre, douce comme un asphodèle. Elle est au commencement de tout. Les fleurs, les larmes (si on y tient), les départs et les luttes sont pour demain. Au milieu de la journée, quand le ciel ouvre ses fontaines de lumière dans l'espace immense et sonore, tous les caps de la côte ont l'air d'une flottille en partance. Ces lourds galions de roc et de lumière tremblent sur leurs quilles, comme s'ils se préparaient à cingler vers des îles de soleil. Ô matins d'Oranie ! Du haut des plateaux, les hirondelles plongent dans d'immenses cuves où l'air bouillonne. La côte entière est prête au départ, un frémissement d'aventure la parcourt. Demain, peut-être, nous partirons ensemble.

(1939)

LES AMANDIERS

« Savez-vous, disait Napoléon à Fontanes, ce que j'admire le plus au monde ? C'est l'impuissance de la force à fonder quelque chose. Il n'y a que deux puissances au monde : le sabre et l'esprit. À la longue le sabre est toujours vaincu par l'esprit. »

Les conquérants, on le voit, sont quelquefois mélancoliques. Il faut bien payer un peu le prix de tant de vaine gloire. Mais ce qui était vrai, il y a cent ans, pour le sabre, ne l'est plus autant, aujourd'hui, pour le tank. Les conquérants ont marqué des points et le morne silence des lieux sans esprit s'est établi pendant des années sur une Europe déchirée. Au temps des hideuses guerres des Flandres, les peintres hollandais pouvaient peut-être peindre les coqs de leurs basses-cours. On a oublié de même la guerre de Cent Ans et, cependant, les oraisons des mystiques silésiens habitent encore quelques cœurs. Mais aujourd'hui les choses ont changé, le peintre et le moine sont mobilisés : nous sommes solidaires de ce monde. L'esprit a perdu cette royale assurance qu'un conquérant savait lui reconnaître ; il s'épuise maintenant à maudire la force, faute de savoir la maîtriser.

De bonnes âmes vont disant que cela est un mal. Nous ne savons pas si cela est un mal, mais nous savons que cela est. La conclusion est qu'il faut s'en arranger. Il suffit alors de connaître ce que nous voulons. Et ce que nous voulons justement c'est ne plus jamais nous incliner devant le sabre, ne plus jamais donner raison à la force qui ne se met pas au service de l'esprit.

C'est une tâche, il est vrai, qui n'a pas de fin. Mais nous sommes là pour la continuer. Je ne crois pas assez à la raison pour souscrire au progrès, ni à aucune philosophie de l'Histoire. Je crois du moins que les hommes n'ont jamais cessé d'avancer dans la conscience qu'ils prenaient de leur destin. Nous n'avons pas surmonté notre condition, et cependant nous la connaissons mieux. Nous savons que nous sommes dans la contradiction, mais que nous devons refuser la contradiction et faire ce qu'il

faut pour la réduire. Notre tâche d'homme est
de trouver les quelques formules qui apaiseront
l'angoisse infinie des âmes libres. Nous avons à
recoudre ce qui est déchiré, à rendre la justice
imaginable dans un monde si évidemment
injuste, le bonheur significatif pour des peuples
empoisonnés par le malheur du siècle. Naturellement, c'est une tâche surhumaine. Mais on
appelle surhumaines les tâches que les hommes
mettent longtemps à accomplir, voilà tout.

Sachons donc ce que nous voulons, restons
fermes sur l'esprit, même si la force prend pour
nous séduire le visage d'une idée ou du confort.
La première chose est de ne pas désespérer.
N'écoutons pas trop ceux qui crient à la fin du
monde. Les civilisations ne meurent pas si aisé-
ment et même si ce monde devait crouler, ce
serait après d'autres. Il est bien vrai que nous
sommes dans une époque tragique. Mais trop
de gens confondent le tragique et le désespoir.
« Le tragique, disait Lawrence, devrait être
comme un grand coup de pied donné au malheur. » Voilà une pensée saine et immédiatement applicable. Il y a beaucoup de choses
aujourd'hui qui méritent ce coup de pied.

Quand j'habitais Alger, je patientais toujours

dans l'hiver parce que je savais qu'en une nuit, une seule nuit froide et pure de février, les amandiers de la vallée des Consuls se couvriraient de fleurs blanches. Je m'émerveillais de voir ensuite cette neige fragile résister à toutes les pluies et au vent de la mer. Chaque année, pourtant, elle persistait, juste ce qu'il fallait pour préparer le fruit.

Ce n'est pas là un symbole. Nous ne gagnerons pas notre bonheur avec des symboles. Il y faut plus de sérieux. Je veux dire seulement que parfois, quand le poids de la vie devient trop lourd dans cette Europe encore toute pleine de son malheur, je me retourne vers ces pays éclatants où tant de forces sont encore intactes. Je les connais trop pour ne pas savoir qu'ils sont la terre d'élection où la contemplation et le courage peuvent s'équilibrer. La méditation de leur exemple m'enseigne alors que si l'on veut sauver l'esprit, il faut ignorer ses vertus gémissantes et exalter sa force et ses prestiges. Ce monde est empoisonné de malheurs et semble s'y complaire. Il est tout entier livré à ce mal que Nietzsche appelait l'esprit de lourdeur. N'y prêtons pas la main. Il est vain de pleurer sur l'esprit, il suffit de travailler pour lui.

Mais où sont les vertus conquérantes de l'esprit ? Le même Nietzsche les a énumérées comme les ennemis mortels de l'esprit de lourdeur. Pour lui, ce sont la force de caractère, le goût, le « monde », le bonheur classique, la dure fierté, la froide frugalité du sage. Ces vertus, plus que jamais, sont nécessaires et chacun peut choisir celle qui lui convient. Devant l'énormité de la partie engagée, qu'on n'oublie pas en tout cas la force de caractère. Je ne parle pas de celle qui s'accompagne sur les estrades électorales de froncements de sourcils et de menaces. Mais de celle qui résiste à tous les vents de la mer par la vertu de la blancheur et de la sève. C'est elle qui, dans l'hiver du monde, préparera le fruit.

(1940)

Il me semblait qu'il manquait quelque chose à la divinité tant qu'il n'existait rien à lui opposer.

LUCIEN,
Prométhée au Caucase.

PROMÉTHÉE AUX ENFERS

Que signifie Prométhée pour l'homme d'aujourd'hui ? On pourrait dire sans doute que ce révolté dressé contre les dieux est le modèle de l'homme contemporain et que cette protestation élevée, il y a des milliers d'années, dans les déserts de la Scythie, s'achève aujourd'hui dans une convulsion historique qui n'a pas son égale. Mais, en même temps, quelque chose nous dit que ce persécuté continue de l'être parmi nous et que nous sommes encore sourds au grand cri de la révolte humaine dont il donne le signal solitaire.

L'homme d'aujourd'hui est en effet celui qui souffre par masses prodigieuses sur l'étroite surface de cette terre, l'homme privé de feu et de nourriture pour qui la liberté n'est qu'un luxe qui peut attendre ; et il n'est encore question pour cet homme que de souffrir un peu plus, comme il ne peut être question pour la liberté et ses derniers témoins que de disparaître un peu plus. Prométhée, lui, est ce héros qui aima assez les hommes pour leur donner en même temps le feu et la liberté, les techniques et les arts. L'humanité, aujourd'hui, n'a besoin et ne se soucie que de techniques. Elle se révolte dans ses machines, elle tient l'art et ce qu'il suppose pour un obstacle et un signe de servitude. Ce qui caractérise Prométhée, au contraire, c'est qu'il ne peut séparer la machine de l'art. Il pense qu'on peut libérer en même temps les corps et les âmes. L'homme actuel croit qu'il faut d'abord libérer le corps, même si l'esprit doit mourir provisoirement. Mais l'esprit peut-il mourir provisoirement? En vérité, si Prométhée revenait, les hommes d'aujourd'hui feraient comme les dieux d'alors : ils le cloueraient au rocher, au nom même de cet humanisme dont il est le premier symbole. Les voix ennemies qui insulteraient alors le vaincu seraient les mêmes qui retentissent au seuil de la tragédie eschylienne : celles de la Force et de la Violence.

Est-ce que je cède au temps avare, aux arbres nus, à l'hiver du monde? Mais cette nostalgie même de lumière me donne raison : elle me parle d'un autre monde, ma vraie patrie. A-t-elle du sens encore pour quelques hommes ? L'année de la guerre, je devais m'embarquer pour refaire le périple d'Ulysse. À cette époque, même un jeune homme pauvre pouvait former le projet somptueux de traverser une mer à la rencontre de la lumière. Mais j'ai fait alors comme chacun. Je ne me suis pas embarqué. J'ai pris ma place dans la file qui piétinait devant la porte ouverte de l'enfer. Peu à peu, nous y sommes entrés. Et au premier cri de l'innocence assassinée, la porte a claqué derrière nous. Nous étions dans l'enfer, nous n'en sommes plus jamais sortis. Depuis six longues années, nous essayons de nous en arranger. Les fantômes chaleureux des îles fortunées ne nous apparaissent plus qu'au fond d'autres longues années, encore à venir, sans feu ni soleil.

Dans cette Europe humide et noire, comment alors ne pas recevoir avec un tremblement de regret et de difficile complicité, ce cri du vieux Chateaubriand à Ampère partant en Grèce : « Vous n'aurez retrouvé ni une feuille des oliviers ni un grain des raisins que j'ai vus dans l'Attique. Je regrette jusqu'à l'herbe de mon temps. Je n'ai pas eu la force de faire vivre une bruyère.» Et nous aussi, enfoncés, malgré notre jeune sang, dans la terrible vieillesse de ce dernier siècle, nous regrettons parfois l'herbe de tous les temps, la feuille de l'olivier que nous n'irons plus voir pour elle-même, et les raisins de la liberté. L'homme est partout, partout ses cris, sa douleur et ses menaces. Entre tant de créatures assemblées, il n'y a plus de place pour les grillons. L'histoire est une terre stérile où la bruyère ne pousse pas. L'homme d'aujourd'hui a choisi l'histoire cependant et il ne pouvait ni ne devait s'en détourner. Mais au lieu de se l'asservir, il consent tous les jours un peu plus à en être l'esclave. C'est ici qu'il trahit Prométhée, ce fils «aux pensers hardis et au cœur léger». C'est ici qu'il retourne à la misère des hommes que Prométhée voulut sauver. «Ils voyaient sans voir, ils écoutaient sans entendre, pareils aux formes des songes...»

Oui, il suffit d'un soir de Provence, d'une colline parfaite, d'une odeur de sel, pour apercevoir que tout est encore à faire. Nous avons à réinventer le feu, à réinstaller les métiers pour apaiser la faim du corps. L'Attique, la liberté et ses vendanges, le pain de l'âme sont pour plus tard. Qu'y pouvons-nous, sinon nous crier à nous-mêmes : « Ils ne seront plus jamais ou ils seront pour d'autres », et faire ce qu'il faut pour que ces autres au moins ne soient pas frustrés. Nous qui sentons cela avec douleur, et qui essayons cependant de le prendre d'un cœur sans amertume, sommes-nous donc en retard ou sommes-nous en avance, et aurons-nous la force de faire revivre les bruyères ?

À cette question qui s'élève dans le siècle, on imagine la réponse de Prométhée. En vérité, il l'a déjà prononcée : « Je vous promets la réforme et la réparation, ô mortels, si vous êtes assez habiles, assez vertueux, assez forts pour les opérer de vos mains. » S'il est donc vrai que le salut est dans nos mains, à l'interrogation du siècle je répondrai oui à cause de cette force réfléchie et de ce courage renseigné que je sens toujours dans quelques hommes que je connais. « Ô justice, ô ma mère, s'écrie Prométhée, tu vois ce qu'on me fait souffrir. » Et Hermès raille le héros : « Je suis étonné qu'étant devin, tu n'aies pas prévu le supplice que tu subis. — Je le savais », répond le révolté. Les hommes dont je parle sont eux aussi les fils de la justice. Eux aussi souffrent du malheur de tous, en connaissance de cause. Ils savent justement qu'il n'est pas de justice aveugle, que l'histoire est sans yeux et qu'il faut donc rejeter sa justice pour lui substituer, autant qu'il se peut, celle que l'esprit conçoit. C'est ici que Prométhée rentre à nouveau dans notre siècle.

Les mythes n'ont pas de vie par eux-mêmes. Ils attendent que nous les incarnions. Qu'un seul homme au monde réponde à leur appel, et ils nous offrent leur sève intacte. Nous avons à préserver celui-ci et faire que son sommeil ne soit point mortel pour que la résurrection devienne possible. Je doute parfois qu'il soit permis de sauver l'homme d'aujourd'hui. Mais il est encore possible de sauver les enfants de cet homme dans leur corps et dans leur esprit. Il est possible de leur offrir en même temps les chances du bonheur et celles de la beauté. Si nous devons nous résigner à vivre sans la beauté et la liberté qu'elle signifie, le mythe de Prométhée est un de ceux qui nous rappelleront que toute mutilation de l'homme ne peut être que provisoire et qu'on ne sert rien de l'homme si on ne le sert pas tout entier. S'il a faim de pain et de bruyère, et s'il est vrai que le pain est le plus nécessaire, apprenons à préserver le souvenir de la bruyère. Au cœur le plus sombre de l'histoire, les hommes de Prométhée, sans cesser leur dur métier, garderont un regard sur la terre, et sur l'herbe inlassable. Le héros enchaîné maintient dans la foudre et le tonnerre divins sa foi tranquille en l'homme. C'est ainsi qu'il est plus dur que son rocher et plus patient que son vautour. Mieux que la révolte contre les dieux, c'est cette longue obstination qui a du sens pour nous. Et cette admirable volonté de ne rien séparer ni exclure qui a toujours réconcilié et réconciliera encore le cœur douloureux des hommes et les printemps du monde.

(1946)

PETIT GUIDE
POUR DES VILLES SANS PASSÉ

La douceur d'Alger est plutôt italienne. L'éclat cruel d'Oran a quelque chose d'espagnol. Perchée sur un rocher au-dessus des gorges du Rummel, Constantine fait penser à Tolède. Mais l'Espagne et l'Italie regorgent de souvenirs, d'œuvres d'art et de vestiges exemplaires. Mais Tolède a eu son Greco et son Barrès. Les cités dont je parle au contraire sont des villes sans passé. Ce sont donc des villes sans abandon, et sans attendrissement. Aux heures d'ennui qui sont celles de la sieste, la tristesse y est implacable et sans mélancolie. Dans la lumière des matins ou le luxe naturel des nuits, la joie est au contraire sans douceur. Ces villes n'offrent rien à la réflexion et tout à la passion. Elles ne sont faites ni pour la sagesse ni pour les nuances du goût. Un Barrès et ceux qui lui ressemblent y seraient broyés.

Les voyageurs de la passion (celle des autres), les intelligences trop nerveuses, les esthètes et les nouveaux mariés n'ont rien à gagner à ce voyage algérien. Et, à moins d'une vocation absolue, on ne saurait recommander à personne de s'y retirer pour toujours. Quelquefois, à Paris, à des gens que j'estime et qui m'interrogent sur l'Algérie, j'ai envie de crier : « N'allez pas là-bas. » Cette plaisanterie aurait sa part de vérité. Car je vois bien ce qu'ils en attendent et qu'ils n'en obtiendront pas. Et je sais, en même temps, les prestiges et le pouvoir sournois de ce pays, la façon insinuante dont il retient ceux qui s'y attardent, dont il les immobilise, les prive d'abord de questions et les endort pour finir dans la vie de tous les jours. La révélation de cette lumière, si éclatante qu'elle en devient noire et blanche, a d'abord quelque chose de suffocant. On s'y abandonne, on s'y fixe et puis on s'aperçoit que cette trop longue splendeur ne donne rien à l'âme et qu'elle n'est qu'une jouissance démesurée. On voudrait alors revenir vers l'esprit. Mais les hommes de ce pays, c'est là leur force, ont apparemment plus de cœur que d'esprit. Ils peuvent être vos amis (et alors quels amis !), mais ils ne seront pas vos confidents.

C'est une chose qu'on jugera peut-être redoutable dans ce Paris où se fait une si grande
dépense d'âme et où l'eau des confidences coule
à petit bruit, interminablement, parmi les fontaines, les statues et les jardins.

C'est à l'Espagne que cette terre ressemble le
plus. Mais l'Espagne sans la tradition ne serait
qu'un beau désert. Et à moins de s'y trouver par
les hasards de la naissance, il n'y a qu'une certaine race d'hommes qui puisse songer à se retirer au désert pour toujours. Étant né dans ce
désert, je ne puis songer en tout cas à en parler
comme un visiteur. Est-ce qu'on fait la nomen-
clature des charmes d'une femme très aimée ?
Non, on l'aime en bloc, si j'ose dire, avec un ou
deux attendrissements précis, qui touchent à
une moue favorite ou à une façon de secouer la
tête. J'ai ainsi avec l'Algérie une longue liaison
qui sans doute n'en finira jamais, et qui m'empêche d'être tout à fait clairvoyant à son égard.
Simplement, à force d'application, on peut arriver à distinguer, dans l'abstrait en quelque sorte,
le détail de ce qu'on aime dans qui on aime.
C'est cet exercice scolaire que je puis tenter ici
en ce qui concerne l'Algérie.

Et d'abord la jeunesse y est belle. Les Arabes,

naturellement, et puis les autres. Les Français d'Algérie sont une race bâtarde, faite de mélanges imprévus. Espagnols et Alsaciens, Italiens, Maltais, Juifs, Grecs enfin s'y sont rencontrés. Ces croisements brutaux ont donné, comme en Amérique, d'heureux résultats. En vous promenant dans Alger, regardez les poignets des femmes et des jeunes hommes et puis pensez à ceux que vous rencontrez dans le métro parisien.

Le voyageur encore jeune s'apercevra aussi que les femmes y sont belles. Le meilleur endroit pour s'en aviser est la terrasse du café des Facultés, rue Michelet, à Alger, à condition de s'y tenir un dimanche matin, au mois d'avril. Des cohortes de jeunes femmes, chaussées de sandales, vêtues d'étoffés légères et de couleurs vives, montent et descendent la rue. On peut les admirer, sans fausse honte : elles sont venues pour cela. À Oran, le bar Cintra, sur le boulevard Gallieni, est aussi un bon observatoire. À Constantine, on peut toujours se promener autour du kiosque à musique. Mais la mer étant à des centaines de kilomètres, il manque peut-être quelque chose aux créatures qu'on y rencontre. En général, et à cause de cette disposition

géographique, Constantine offre moins d'agré-
ments, mais la qualité de l'ennui y est plus fine.

Si le voyageur arrive en été, la première chose
à faire est évidemment d'aller sur les plages qui
entourent les villes. Il y verra les mêmes jeunes
personnes, plus éclatantes parce que moins
vêtues. Le soleil leur donne alors les yeux som-
nolents des grands animaux. À cet égard, les
plages d'Oran sont les plus belles, la nature et
les femmes étant plus sauvages.

Pour le pittoresque, Alger offre une ville
arabe, Oran un village nègre et un quartier espagnol, Constantine un quartier juif. Alger a un
long collier de boulevards sur la mer ; il faut s'y
promener la nuit. Oran a peu d'arbres, mais les
plus belles pierres du monde. Constantine a un
pont suspendu où l'on se fait photographier. Les
jours de grand vent, le pont se balance au-dessus des profondes gorges du Rummel et on y a
le sentiment du danger.

Je recommande au voyageur sensible, s'il va à
Alger, d'aller boire de l'anisette sous les voûtes
du port, de manger le matin, à la Pêcherie, du
poisson fraîchement récolté et grillé sur des
fourneaux à charbon ; d'aller écouter de la
musique arabe dans un petit café de la rue de la

Lyre dont j'ai oublié le nom ; de s'asseoir par terre, à six heures du soir, au pied de la statue du duc d'Orléans, place du Gouvernement (ce n'est pas pour le duc, c'est qu'il y passe du monde et qu'on y est bien) ; d'aller déjeuner au restaurant Padovani qui est une sorte de dancing sur pilotis, au bord de la mer, où la vie est toujours facile ; de visiter les cimetières arabes, d'abord pour y rencontrer la paix et la beauté, ensuite pour apprécier à leur valeur les ignobles cités où nous remisons nos morts ; d'aller fumer une cigarette rue des Bouchers, dans la Kasbah, au milieu des rates, foies, mésentères, et poumons sanglants qui dégoulinent de toutes parts (la cigarette est nécessaire, ce moyen âge ayant l'odeur forte).

Pour le reste, il faut savoir dire du mal d'Alger quand on est à Oran (insister sur la supériorité commerciale du port d'Oran), moquer Oran quand on est à Alger (accepter sans réserves l'idée que les Oranais « ne savent pas vivre »), et, en toutes occasions, reconnaître humblement la supériorité de l'Algérie sur la France métropolitaine. Ces concessions faites, on aura l'occasion de s'apercevoir de la supériorité réelle de l'Algérien sur le Français, c'est-à-

dire de sa générosité sans limites et de son hos-
pitalité naturelle.

Et c'est ici peut-être que je pourrais cesser
toute ironie. Après tout, la meilleure façon de
parler de ce qu'on aime est d'en parler légère-
ment. En ce qui concerne l'Algérie, j'ai toujours
peur d'appuyer sur cette corde intérieure qui lui
correspond en moi et dont je connais le chant
aveugle et grave. Mais je puis bien dire au moins
qu'elle est ma vraie patrie et qu'en n'importe
quel lieu du monde, je reconnais ses fils et mes
frères à ce rire d'amitié qui me prend devant
eux. Oui, ce que j'aime dans les villes algériennes ne se sépare pas des hommes qui les
peuplent. Voilà pourquoi je préfère m'y trouver
à cette heure du soir où les bureaux et les maisons déversent dans les rues, encore obscures,
une foule jacassante qui finit par couler jusqu'aux boulevards devant la mer et commence
à s'y taire, à mesure que vient la nuit et que les
lumières du ciel, les phares de la baie et les
lampes de la ville se rejoignent peu à peu dans
la même palpitation indistincte. Tout un peuple
se recueille ainsi au bord de l'eau, mille solitudes
jaillissent de la foule. Alors commencent les

grandes nuits d'Afrique, l'exil royal, l'exaltation désespérée qui attend le voyageur solitaire...

Non, décidément, n'allez pas là-bas si vous vous sentez le cœur tiède, et si votre âme est une bête pauvre! Mais, pour ceux qui connaissent les déchirements du oui et du non, de midi et des minuits, de la révolte et de l'amour, pour ceux enfin qui aiment les bûchers devant la mer, il y a, là-bas, une flamme qui les attend.

(1947)

L'EXIL D'HÉLÈNE

La Méditerranée a son tragique solaire qui n'est pas celui des brumes. Certains soirs, sur la mer, au pied des montagnes, la nuit tombe sur la courbe parfaite d'une petite baie et, des eaux silencieuses, monte alors une plénitude angoissée. On peut comprendre en ces lieux que si les Grecs ont touché au désespoir, c'est toujours à travers la beauté, et ce qu'elle a d'oppressant. Dans ce malheur doré, la tragédie culmine. Notre temps, au contraire, a nourri son désespoir dans la laideur et dans les convulsions. C'est pourquoi l'Europe serait ignoble, si la douleur pouvait jamais l'être.

Nous avons exilé la beauté, les Grecs ont pris les armes pour elle. Première différence, mais qui vient de loin. La pensée grecque s'est toujours retranchée sur l'idée de limite. Elle n'a rien poussé à bout, ni le sacré, ni la raison, parce qu'elle n'a rien nié, ni le sacré, ni la raison. Elle a fait la part de tout, équilibrant l'ombre par la lumière. Notre Europe, au contraire, lancée à la conquête de la totalité, est fille de la démesure. Elle nie la beauté, comme elle nie tout ce qu'elle n'exalte pas. Et, quoique diversement, elle n'exalte qu'une seule chose qui est l'empire futur de la raison. Elle recule dans sa folie les limites éternelles et, à l'instant, d'obscures Érinnyes s'abattent sur elle et la déchirent. Némésis veille, déesse de la mesure, non de la vengeance. Tous ceux qui dépassent la limite sont, par elle, impitoyablement châtiés.

Les Grecs qui se sont interrogés pendant des siècles sur ce qui est juste ne pourraient rien comprendre à notre idée de la justice. L'équité, pour eux, supposait une limite tandis que tout notre continent se convulse à la recherche d'une justice qu'il veut totale. À l'aurore de la pensée grecque, Héraclite imaginait déjà que la justice pose des bornes à l'univers physique lui-même. «Le soleil n'outrepassera pas ses bornes, sinon les Érinnyes qui gardent la justice sauront le découvrir*.» Nous qui avons désorbité l'univers

---

* Traduction d'Y. Battistini.

et l'esprit rions de cette menace. Nous allumons dans un ciel ivre les soleils que nous voulons. Mais il n'empêche que les bornes existent et que nous le savons. Dans nos plus extrêmes démences, nous rêvons d'un équilibre que nous avons laissé derrière nous et dont nous croyons ingénument que nous allons le retrouver au bout de nos erreurs. Enfantine présomption et qui justifie que des peuples enfants, héritiers de nos folies, conduisent aujourd'hui notre histoire.

Un fragment attribué au même Héraclite énonce simplement : « Présomption, régression du progrès. » Et, bien des siècles après l'Éphésien, Socrate, devant la menace d'une condamnation à mort, ne se reconnaissait nulle autre supériorité que celle-ci : ce qu'il ignorait, il ne croyait pas le savoir. La vie et la pensée les plus exemplaires de ces siècles s'achèvent sur un fier aveu d'ignorance. En oubliant cela, nous avons oublié notre virilité. Nous avons préféré la puissance qui singe la grandeur, Alexandre d'abord et puis les conquérants romains que nos auteurs de manuels, par une incomparable bassesse d'âme, nous apprennent à admirer. Nous avons conquis à notre tour, déplacé les bornes, maîtrisé le ciel et la terre. Notre raison a fait le vide.

Enfin seuls, nous achevons notre empire sur un désert. Quelle imagination aurions-nous donc pour cet équilibre supérieur où la nature balançait l'histoire, la beauté, le bien, et qui apportait la musique des nombres jusque dans la tragédie du sang ? Nous tournons le dos à la nature, nous avons honte de la beauté. Nos misérables tragédies traînent une odeur de bureau et le sang dont elles ruissellent à couleur d'encre grasse.

Voilà pourquoi il est indécent de proclamer aujourd'hui que nous sommes les fils de la Grèce. Ou alors nous en sommes les fils renégats. Plaçant l'histoire sur le trône de Dieu, nous marchons vers la théocratie, comme ceux que les Grecs appelaient Barbares et qu'ils ont combattus jusqu'à la mort dans les eaux de Salamine. Si l'on veut bien saisir notre différence, il faut s'adresser à celui de nos philosophes qui est le vrai rival de Platon. « Seule la ville moderne, ose écrire Hegel, offre à l'esprit le terrain où il peut prendre conscience de lui-même. » Nous vivons ainsi le temps des grandes villes. Délibérément, le monde a été amputé de ce qui fait sa permanence : la nature, la mer, la colline, la méditation des soirs. Il n'y a plus de conscience que dans les rues, parce qu'il n'y a d'histoire que

dans les rues, tel est le décret. Et à sa suite, nos
œuvres les plus significatives témoignent du
même parti pris. On cherche en vain les paysages dans la grande littérature européenne
depuis Dostoïevski. L'histoire n'explique ni
l'univers naturel qui était avant elle, ni la beauté
qui est au-dessus d'elle. Elle a donc choisi de les
ignorer. Alors que Platon contenait tout, le non-
sens, la raison et le mythe, nos philosophes ne
contiennent rien que le non-sens ou la raison,
parce qu'ils ont fermé les yeux sur le reste. La
taupe médite.

C'est le christianisme qui a commencé de
substituer à la contemplation du monde la tragédie de l'âme. Mais, du moins, il se référait à
une nature spirituelle et, par elle, maintenait
une certaine fixité. Dieu mort, il ne reste que
l'histoire et la puissance. Depuis longtemps tout
l'effort de nos philosophes n'a visé qu'à rem-
placer la notion de nature humaine par celle de
situation, et l'harmonie ancienne par l'élan
désordonné du hasard ou le mouvement impi-
toyable de la raison. Tandis que les Grecs don-
naient à la volonté les bornes de la raison, nous
avons mis pour finir l'élan de la volonté au cœur
de la raison, qui en est devenue meurtrière. Les

valeurs pour les Grecs étaient préexistantes à
toute action dont elles marquaient précisément
les limites. La philosophie moderne place ses
valeurs à la fin de l'action. Elles ne sont pas,
mais elles deviennent, et nous ne les connaîtrons
dans leur entier qu'à l'achèvement de l'histoire.
Avec elles, la limite disparaît, et comme les
conceptions diffèrent sur ce qu'elles seront,
comme il n'est pas de lutte qui, sans le frein de
ces mêmes valeurs, ne s'étende indéfiniment, les
messianismes aujourd'hui s'affrontent et leurs
clameurs se fondent dans le choc des empires.
La démesure est un incendie, selon Heraclite.
L'incendie gagne, Nietzsche est dépassé. Ce
n'est plus à coups de marteau que l'Europe phi-
losophe, mais à coups de canon.

La nature est toujours là, pourtant. Elle
oppose ses ciels calmes et ses raisons à la folie
des hommes. Jusqu'à ce que l'atome prenne feu
lui aussi et que l'histoire s'achève dans le
triomphe de la raison et l'agonie de l'espèce.
Mais les Grecs n'ont jamais dit que la limite ne
pouvait être franchie. Ils ont dit qu'elle existait
et que celui-là était frappé sans merci qui osait
la dépasser. Rien dans l'histoire d'aujourd'hui
ne peut les contredire.

L'esprit historique et l'artiste veulent tous deux refaire le monde. Mais l'artiste, par une obligation de sa nature, connaît ses limites que l'esprit historique méconnaît. C'est pourquoi la fin de ce dernier est la tyrannie tandis que la passion du premier est la liberté. Tous ceux qui aujourd'hui luttent pour la liberté combattent en dernier lieu pour la beauté. Bien entendu, il ne s'agit pas de défendre la beauté pour elle-même. La beauté ne peut se passer de l'homme et nous ne donnerons à notre temps sa grandeur et sa sérénité qu'en le suivant dans son malheur. Plus jamais, nous ne serons des solitaires. Mais il est non moins vrai que l'homme ne peut se passer de la beauté et c'est ce que notre époque fait mine de vouloir ignorer. Elle se raidit pour atteindre l'absolu et l'empire, elle veut transfigurer le monde avant de l'avoir épuisé, l'ordonner avant de l'avoir compris. Quoi qu'elle en dise, elle déserte ce monde. Ulysse peut choisir chez Calypso entre l'immortalité et la terre de la patrie. Il choisit la terre, et la mort avec elle. Une si simple grandeur nous est aujourd'hui étrangère. D'autres diront que nous manquons d'humilité. Mais ce mot, à tout prendre, est ambigu. Pareils à ces bouffons de Dostoïevski qui se vantent de tout, montent aux étoiles et finissent par étaler leur honte dans le premier lieu public, nous manquons seulement de la fierté de l'homme qui est fidélité à ses limites, amour clairvoyant de sa condition.

« Je hais mon époque », écrivait avant sa mort Saint-Exupéry, pour des raisons qui ne sont pas très éloignées de celles dont j'ai parlé. Mais, si bouleversant que ce soit, ce cri, venant de lui qui a aimé les hommes dans ce qu'ils ont d'admirable, nous ne le prendrons pas à notre compte. Quelle tentation, pourtant, à certaines heures, de se détourner de ce monde morne et décharné ! Mais cette époque est la nôtre et nous ne pouvons vivre en nous haïssant. Elle n'est tombée si bas que par l'excès de ses vertus autant que la grandeur de ses défauts. Nous lutterons pour celle de ses vertus qui vient de loin. Quelle vertu ? Les chevaux de Patrocle pleurent leur maître mort dans la bataille. Tout est perdu. Mais le combat reprend avec Achille et la victoire est au bout, parce que l'amitié vient d'être assassinée : l'amitié est une vertu.

L'ignorance reconnue, le refus du fanatisme, les bornes du monde et de l'homme, le visage aimé, la beauté enfin, voici le camp où nous rejoindrons les Grecs. D'une certaine manière, le sens de l'histoire de demain n'est pas celui qu'on croit. Il est dans la lutte entre la création et l'inquisition. Malgré le prix que coûteront aux artistes leurs mains vides, on peut espérer leur victoire. Une fois de plus, la philosophie des ténèbres se dissipera au-dessus de la mer éclatante. Ô pensée de midi, la guerre de Troie se livre loin des champs de bataille ! Cette fois encore, les murs terribles de la cité moderne tomberont pour livrer, « âme sereine comme le calme des mers », la beauté d'Hélène.

(1948)

L'ÉNIGME

Tombés de la cime du ciel, des flots de soleil rebondissent brutalement sur la campagne autour de nous. Tout se tait devant ce fracas et le Lubéron, là-bas, n'est qu'un énorme bloc de silence que j'écoute sans répit. Je tends l'oreille, on court vers moi dans le lointain, des amis invisibles m'appellent, ma joie grandit, la même qu'il y a des années. De nouveau, une énigme heureuse m'aide à tout comprendre.

Où est l'absurdité du monde ? Est-ce ce resplendissement ou le souvenir de son absence ? Avec tant de soleil dans la mémoire, comment ai-je pu parier sur le non-sens ? On s'en étonne, autour de moi ; je m'en étonne aussi, parfois. Je pourrais répondre, et me répondre, que le soleil justement m'y aidait et que sa lumière, à force d'épaisseur, coagule l'univers et ses formes dans un éblouissement obscur. Mais cela peut se dire autrement et je voudrais, devant cette clarté blanche et noire qui, pour moi, a toujours été celle de la vérité, m'expliquer simplement sur cette absurdité que je connais trop pour supporter qu'on en disserte sans nuances. Parler d'elle, au demeurant, nous mènera de nouveau au soleil.

Nul homme ne peut dire ce qu'il est. Mais il arrive qu'il puisse dire ce qu'il n'est pas. Celui qui cherche encore, on veut qu'il ait conclu. Mille voix lui annoncent déjà ce qu'il a trouvé et pourtant, il le sait, ce n'est pas cela. Chercher et laisser dire ? Bien sûr. Mais il faut, de loin en loin, se défendre. Je ne sais pas ce que je cherche, je le nomme avec prudence, je me dédis, je me répète, j'avance et je recule. On m'enjoint pourtant de donner les noms, ou le nom, une fois pour toutes. Je me cabre alors ; ce qui est nommé, n'est-il pas déjà perdu ? Voilà du moins ce que je puis essayer de dire.

Un homme, si j'en crois un de mes amis, a toujours deux caractères, le sien, et celui que sa femme lui prête. Remplaçons femme par société et nous comprendrons qu'une formule, rattachée par un écrivain à tout le contexte d'une sensibilité, puisse être isolée par le commentaire qu'on en fait et présentée à son auteur chaque fois qu'il a le désir de parler d'autre chose. La parole est comme l'acte : « Cet enfant, lui avez-vous donné le jour ? — Oui. — Il est donc votre fils. — Ce n'est pas si simple, ce n'est pas si simple ! » Ainsi Nerval, par une sale nuit, s'est-il pendu deux fois, pour lui d'abord qui était dans le malheur, et puis pour sa légende, qui aide quelques-uns à vivre. Personne ne peut écrire sur le vrai malheur, ni sur certains bonheurs, et je ne l'essaierai pas ici. Mais pour la légende, on peut la décrire, et imaginer, une minute au moins, qu'on l'a dissipée.

Un écrivain écrit en grande partie pour être lu (ceux qui disent le contraire, admirons-les, mais ne les croyons pas). De plus en plus cependant, il écrit chez nous pour obtenir cette consécration dernière qui consiste à ne pas être lu. À partir du moment, en effet, où il peut fournir la matière d'un article pittoresque dans notre presse à grand tirage, il a toutes les chances d'être connu par un assez grand nombre de personnes qui ne le liront jamais parce qu'elles se suffiront de connaître son nom et de lire ce qu'on écrira sur lui. Il sera désormais connu (et oublié) non pour ce qu'il est, mais selon l'image qu'un journaliste pressé aura donnée de lui. Pour se faire un nom dans les lettres, il n'est donc plus indispensable d'écrire des livres. Il suffit de passer pour en avoir fait un dont la presse du soir aura parlé et sur lequel on dormira désormais.

Sans doute cette réputation, grande ou petite, sera usurpée. Mais qu'y faire ? Admettons plutôt que cette incommodité peut aussi être bienfaisante. Les médecins savent que certaines maladies sont souhaitables : elles compensent, à leur manière, un désordre fonctionnel qui, sans elles, se traduirait dans de plus grands déséquilibres. Il y a ainsi de bienheureuses constipations et des arthritismes providentiels. Le déluge de mots et de jugements hâtifs qui noie aujourd'hui toute activité publique dans un océan de frivolité enseigne du moins à l'écrivain français une modestie dont il a un incessant besoin dans une nation qui, d'autre part, donne à son métier une importance disproportionnée. Voir son nom dans deux ou trois journaux que nous connaissons est une si dure épreuve qu'elle comporte forcément quelques bénéfices pour l'âme. Louée soit donc la société qui, à si peu de frais, nous enseigne tous les jours, par ses hommages mêmes, que les grandeurs qu'elle salue ne sont rien. Le bruit qu'elle fait, plus fort il éclate et plus vite il meurt. Il évoque ce feu d'étoupes qu'Alexandre VI faisait brûler souvent devant lui pour ne pas oublier que toute la gloire de ce monde est comme une fumée qui passe.

Mais laissons là l'ironie. Il suffira de dire, pour notre objet, qu'un artiste doit se résigner, avec bonne humeur, à laisser traîner dans les antichambres des dentistes et des coiffeurs une image de lui dont il se sait indigne. J'ai connu ainsi un écrivain à la mode qui passait pour présider chaque nuit de fumeuses bacchanales où les nymphes s'habillaient de leurs seuls cheveux et où les faunes avaient l'ongle funèbre. On aurait pu se demander sans doute où il trouvait le temps de rédiger une œuvre qui occupait plusieurs rayons de bibliothèque. Cet écrivain, en réalité, comme beaucoup de ses confrères, dort la nuit pour travailler chaque jour de longues heures à sa table, et boit de l'eau minérale pour épargner son foie. Il n'empêche que le Français moyen, dont on connaît la sobriété saharienne et l'ombrageuse propreté, s'indigne à l'idée qu'un de nos écrivains enseigne qu'il faut s'enivrer et ne point se laver. Les exemples ne manquent pas. Je puis personnellement fournir une excellente recette pour recevoir à peu de frais une réputation d'austérité. Je porte en effet le poids de cette réputation qui fait bien rire mes amis (pour moi, j'en rougirais plutôt, tant je l'usurpe et le sais). Il suffira par exemple de décliner l'honneur de dîner avec le directeur d'un journal qu'on n'estime pas. La simple décence en effet ne s'imagine pas sans quelque tortueuse infirmité de l'âme. Personne n'ira d'ailleurs jusqu'à penser que si vous refusez le dîner de ce directeur, cela peut être parce qu'en effet vous ne l'estimez pas, mais aussi parce que vous craignez plus que tout au monde de vous ennuyer — et quoi de plus ennuyeux qu'un dîner bien parisien ?

Il faut donc se résigner. Mais on peut essayer à l'occasion de rectifier le tir, répéter alors qu'on ne saurait être toujours un peintre de l'absurde et que personne ne peut croire à une littérature désespérée. Bien entendu, il est toujours possible d'écrire, ou d'avoir écrit, un essai sur la notion d'absurde. Mais enfin, on peut aussi écrire sur l'inceste sans pour autant s'être précipité sur sa malheureuse sœur et je n'ai lu nulle part que Sophocle eût jamais supprimé son père et déshonoré sa mère. L'idée que tout écrivain écrit forcément sur lui-même et se peint dans ses livres est une des puérilités que le romantisme nous a léguées. Il n'est pas du tout exclu, au contraire, qu'un artiste s'intéresse d'abord aux autres, ou à son époque, ou à des mythes familiers. Si même il lui arrive de se mettre en scène, on peut tenir pour exceptionnel qu'il parle de ce qu'il est réellement. Les œuvres d'un homme retracent souvent l'histoire de ses nostalgies ou de ses tentations, presque jamais sa propre histoire, surtout lorsqu'elles prétendent à être autobiographiques.

Aucun homme n'a jamais osé se peindre tel qu'il est.

Dans la mesure où cela est possible, j'aurais aimé être, au contraire, un écrivain objectif. J'appelle objectif un auteur qui se propose des sujets sans jamais se prendre lui-même comme objet. Mais la rage contemporaine de confondre l'écrivain avec son sujet ne saurait admettre cette relative liberté de l'auteur. Ainsi devient-on prophète d'absurde. Qu'ai-je fait d'autre cependant que de raisonner sur une idée que j'ai trouvée dans les rues de mon temps ? Que j'aie nourri cette idée (et qu'une part de moi la nourrisse toujours), avec toute ma génération, cela va sans dire. Simplement, j'ai pris devant elle la distance nécessaire pour en traiter et décider de sa logique. Tout ce que j'ai pu écrire ensuite le montre assez. Mais il est commode d'exploiter une formule plutôt qu'une nuance. On a choisi la formule : me voilà absurde comme devant.

À quoi bon dire encore que, dans l'expérience qui m'intéressait et sur laquelle il m'est arrivé d'écrire, l'absurde ne peut être considéré que comme une position de départ, même si son souvenir et son émotion accompagnent les démarches ultérieures. De même, toutes proportions soigneusement gardées, le doute cartésien, qui est méthodique, ne suffit pas à faire de Descartes un sceptique. En tout cas, comment se limiter à l'idée que rien n'a de sens et qu'il faille désespérer de tout. Sans aller au fond des choses, on peut remarquer au moins que, de même qu'il n'y a pas de matérialisme absolu puisque pour former seulement ce mot il faut déjà dire qu'il y a dans le monde quelque chose de plus que la matière, de même il n'y a pas de nihilisme total. Dès l'instant où l'on dit que tout est non-sens, on exprime quelque chose qui a du sens. Refuser toute signification au monde revient à supprimer tout jugement de valeur. Mais vivre, et par exemple se nourrir, est en soi un jugement de valeur. On choisit de durer dès l'instant qu'on ne se laisse pas mourir, et l'on reconnaît alors une valeur, au moins relative, à la vie. Que signifie enfin une littérature désespérée? Le désespoir est silencieux. Le silence même, au demeurant, garde un sens si les yeux parlent. Le vrai désespoir est agonie, tombeau ou abîme. S'il parle, s'il raisonne, s'il écrit surtout, aussitôt le frère nous tend la main, l'arbre est justifié, l'amour naît. Une littérature désespérée est une contradiction dans les termes.

Bien entendu, un certain optimisme n'est pas mon fait. J'ai grandi, avec tous les hommes de mon âge, aux tambours de la première guerre et notre histoire, depuis, n'a pas cessé d'être meurtre, injustice ou violence. Mais le vrai pessimisme, qui se rencontre, consiste à renchérir sur tant de cruauté et d'infamie. Je n'ai jamais cessé, pour ma part, de lutter contre ce déshonneur et je ne hais que les cruels. Au plus noir de notre nihilisme, j'ai cherché seulement des raisons de dépasser ce nihilisme. Et non point d'ailleurs par vertu, ni par une rare élévation de l'âme, mais par fidélité instinctive à une lumière où je suis né et où, depuis des millénaires, les hommes ont appris à saluer la vie jusque dans la souffrance. Eschyle est souvent désespérant ; pourtant, il rayonne et réchauffe. Au centre de son univers, ce n'est pas le maigre non-sens que nous trouvons, mais l'énigme, c'est-à-dire un sens qu'on déchiffre mal parce qu'il éblouit. Et de même, aux fils indignes, mais obstinément fidèles, de la Grèce, qui survivent encore dans ce siècle décharné, la brûlure de notre histoire peut paraître insoutenable, mais ils la soutiennent finalement parce qu'ils veulent la comprendre. Au centre de notre œuvre, fût-elle noire, rayonne un soleil inépuisable, le même qui crie aujourd'hui à travers la plaine et les collines.

Après cela, le feu d'étoupes peut brûler ; qu'importe ce que nous pouvons paraître et ce que nous usurpons ? Ce que nous sommes, ce que nous avons à être suffit à remplir nos vies et occuper notre effort. Paris est une admirable caverne, et ses hommes, voyant leurs propres ombres s'agiter sur la paroi du fond, les prennent pour la seule réalité. Ainsi de l'étrange et fugitive renommée que cette ville dispense. Mais nous avons appris, loin de Paris, qu'une lumière est dans notre dos, qu'il nous faut nous retourner en rejetant nos liens pour la regarder en face, et que notre tâche avant de mourir est de chercher, à travers tous les mots, à la nommer. Chaque artiste, sans doute, est à la recherche de sa vérité. S'il est grand, chaque œuvre l'en rapproche ou, du moins, gravite encore plus près de ce centre, soleil enfoui, où tout doit venir brûler un jour. S'il est médiocre, chaque œuvre l'en éloigne et le centre est alors partout, la lumière se défait. Mais dans sa recherche obstinée, seuls peuvent aider l'artiste ceux qui l'aiment et ceux-là aussi, qui, aimant ou créant eux-mêmes, trouvent dans leur passion la mesure de toute passion, et savent alors juger.

Oui, tout ce bruit... quand la paix serait d'aimer et de créer en silence! Mais il faut savoir patienter. Encore un moment, le soleil scelle les bouches.

(1950)

Tu as navigué d'une âme furieuse loin de la demeure paternelle, franchissant les doubles rochers de la mer, et tu habites une terre étrangère.

MÉDÉE.

RETOUR À TIPASA

Depuis cinq jours que la pluie coulait sans trêve sur Alger, elle avait fini par mouiller la mer elle-même. Du haut d'un ciel qui semblait inépuisable, d'incessantes averses, visqueuses à force d'épaisseur, s'abattaient sur le golfe. Grise et molle comme une grande éponge, la mer se boursouflait dans la baie sans contours. Mais la surface des eaux semblait presque immobile sous la pluie fixe. De loin en loin seulement, un imperceptible et large mouvement soulevait au-dessus de la mer une vapeur trouble qui venait aborder au port, sous une ceinture de boulevards mouillés. La ville elle-même, tous ses murs blancs ruisselants d'humidité, exhalait une autre buée qui venait à la rencontre de la première. De quelque côté qu'on se tournât alors, il semblait qu'on respirât de l'eau, l'air enfin se buvait.

Devant la mer noyée, je marchais, j'attendais,

dans cette Alger de décembre qui restait pour moi la ville des étés. J'avais fui la nuit d'Europe, l'hiver des visages. Mais la ville des étés elle-même s'était vidée de ses rires et ne m'offrait que des dos ronds et luisants. Le soir, dans les cafés violemment éclairés où je me réfugiais, je lisais mon âge sur des visages que je reconnaissais sans pouvoir les nommer. Je savais seulement que ceux-là avaient été jeunes avec moi, et qu'ils ne l'étaient plus.

Je m'obstinais pourtant, sans trop savoir ce que j'attendais, sinon, peut-être le moment de retourner à Tipasa. Certes c'est une grande folie, et presque toujours châtiée, de revenir sur les lieux de sa jeunesse et de vouloir revivre à quarante ans ce qu'on a aimé ou dont on a fortement joui à vingt. Mais j'étais averti de cette folie. Une première fois déjà, j'étais revenu à Tipasa, peu après ces années de guerre qui marquèrent pour moi la fin de la jeunesse. J'espérais, je crois, y retrouver une liberté que je ne pouvais oublier. En ce lieu, en effet, il y a plus de vingt ans, j'ai passé des matinées entières à errer parmi les ruines, à respirer les absinthes, à me chauffer contre les pierres, à découvrir les petites roses, vite effeuillées, qui survivent au printemps. À midi seulement, à l'heure où les cigales elles-mêmes se taisaient, assommées, je fuyais devant l'avide flamboiement d'une lumière qui dévorait tout. La nuit, parfois, je dormais les yeux ouverts sous un ciel ruisselant d'étoiles. Je vivais, alors. Quinze ans après, je retrouvais mes ruines, à quelques pas des premières vagues, je suivais les rues de la cité oubliée à travers des champs couverts d'arbres amers, et, sur les coteaux qui dominent la baie, je caressais encore les colonnes couleur de pain. Mais les ruines étaient maintenant entourées de barbelés et l'on ne pouvait y pénétrer que par les seuils autorisés. Il était interdit aussi, pour des raisons que, paraît-il, la morale approuve, de s'y promener la nuit; le jour, on y rencontrait un gardien assermenté. Par hasard sans doute, ce matin-là, il pleuvait sur toute l'étendue des ruines.

Désorienté, marchant dans la campagne solitaire et mouillée, j'essayais au moins de retrouver cette force, jusqu'à présent fidèle, qui m'aide à accepter ce qui est, quand une fois j'ai reconnu que je ne pouvais le changer. Et je ne pouvais, en effet, remonter le cours du temps, redonner au monde le visage que j'avais aimé et qui avait disparu en un jour, longtemps auparavant. Le 2 septembre 1939, en effet, je n'étais pas allé en Grèce, comme je le devais. La guerre en revanche était venue jusqu'à nous, puis elle avait recouvert la Grèce elle-même. Cette distance, ces années qui séparaient les ruines chaudes des barbelés, je les retrouvais également en moi, ce jour-là, devant les sarcophages pleins d'eau noire, ou sous les tamaris détrempés. Élevé d'abord dans le spectacle de la beauté qui était ma seule richesse, j'avais commencé par la plénitude. Ensuite étaient venus les barbelés, je veux dire les tyrannies, la guerre, les polices, le temps de la révolte. Il avait fallu se mettre en règle avec la nuit : la beauté du jour n'était qu'un souvenir. Et dans cette Tipasa boueuse, le souvenir lui-même s'estompait. Il s'agissait bien de beauté, de plénitude ou de jeunesse ! Sous la lumière des incendies, le monde avait soudain montré ses rides et ses plaies, anciennes et nouvelles. Il avait vieilli d'un seul coup, et nous avec lui. Cet élan que j'étais venu chercher ici, je savais bien qu'il ne soulève que celui qui ne sait pas qu'il va s'élancer. Point d'amour sans un peu d'innocence. Où était l'innocence ? Les empires s'écroulaient, les nations et les hommes se mordaient à la gorge ; nous avions la bouche souillée. D'abord innocents sans le savoir, nous étions maintenant coupables sans le vouloir : le mystère grandissait avec notre science. C'est pourquoi nous nous occupions, ô dérision, de morale. Infirme, je rêvais de vertu ! Au temps de l'innocence, j'ignorais que la morale existât. Je le savais maintenant, et je n'étais pas capable de vivre à sa hauteur. Sur le promontoire que j'aimais autrefois, entre les colonnes mouillées du temple détruit, il me semblait marcher derrière quelqu'un dont j'entendais encore les pas sur les dalles et les mosaïques, mais que plus jamais je n'atteindrai. Je regagnai Paris, et je restai quelques années avant de revenir chez moi.

Quelque chose pourtant, pendant toutes ces années, me manquait obscurément. Quand une fois on a eu la chance d'aimer fortement, la vie se passe à chercher de nouveau cette ardeur et cette lumière. Le renoncement à la beauté et au bonheur sensuel qui lui est attaché, le service exclusif du malheur, demande une grandeur qui me manque. Mais, après tout, rien n'est vrai qui force à exclure. La beauté isolée finit par grimacer, la justice solitaire finit par opprimer. Qui veut servir l'une à l'exclusion de l'autre ne sert

personne ni lui-même, et, finalement, sert deux
fois l'injustice. Un jour vient où, à force de rai-
deur, plus rien n'émerveille, tout est connu, la
vie se passe à recommencer. C'est le temps de
l'exil, de la vie sèche, des âmes mortes. Pour
revivre, il faut une grâce, l'oubli de soi ou une
patrie. Certains matins, au détour d'une rue,
une délicieuse rosée tombe sur le cœur puis
s'évapore. Mais la fraîcheur demeure encore et
c'est elle, toujours, que le cœur exige. Il me fal-
lut partir à nouveau.

Et, à Alger, une seconde fois, marchant
encore sous la même averse qui me semblait
n'avoir pas cessé depuis un départ que j'avais cru
définitif, au milieu de cette immense mélancolie qui sentait la pluie et la mer, malgré ce ciel
de brumes, ces dos fuyants sous l'ondée, ces
cafés dont la lumière sulfureuse décomposait les
visages, je m'obstinais à espérer. Ne savais-je pas
d'ailleurs que les pluies d'Alger, avec cet air
qu'elles ont de ne jamais devoir finir, s'arrêtent
pourtant en un instant, comme ces rivières de
mon pays qui se gonflent en deux heures, dévas-
tent des hectares de terre et tarissent d'un seul
coup? Un soir, en effet, la pluie s'arrêta. J'at-
tendis encore une nuit. Une matinée liquide se

leva, éblouissante, sur la mer pure. Du ciel, frais comme un œil, lavé et relavé par les eaux, réduit par ces lessives successives à sa trame la plus fine et la plus claire, descendait une lumière vibrante qui donnait à chaque maison, à chaque arbre, un dessin sensible, une nouveauté émerveillée. La terre, au matin du monde, a dû surgir dans une lumière semblable. Je pris à nouveau la route de Tipasa.

Il n'est pas pour moi un seul de ces soixante-neuf kilomètres de route qui ne soit recouvert de souvenirs et de sensations. L'enfance violente, les rêveries adolescentes dans le ronronnement du car, les matins, les filles fraîches, les plages, les jeunes muscles toujours à la pointe de leur effort, la légère angoisse du soir dans un cœur de seize ans, le désir de vivre, la gloire, et toujours le même ciel au long des années, intarissable de force et de lumière, insatiable lui-même, dévorant une à une, des mois durant, les victimes offertes en croix sur la plage, à l'heure funèbre de midi. Toujours la même mer aussi, presque impalpable dans le matin, que je retrouvai au bout de l'horizon dès que la route, quittant le Sahel et ses collines aux vignes couleur de bronze, s'abaissa vers la côte. Mais je ne m'arrêtai pas à la regarder. Je désirais revoir le Chenoua, cette lourde et solide montagne, découpée dans un seul bloc, qui longe la baie de Tipasa à l'ouest, avant de descendre elle-même dans la mer. On l'aperçoit de loin, bien avant d'arriver, vapeur bleue et légère qui se confond encore avec le ciel. Mais elle se condense peu à peu, à mesure qu'on avance vers elle, jusqu'à prendre la couleur des eaux qui l'entourent, grande vague immobile dont le prodigieux élan aurait été brutalement figé au-dessus de la mer calmée d'un seul coup. Plus près encore, presque aux portes de Tipasa, voici sa masse sourcilleuse, brune et verte, voici le vieux dieu moussu que rien n'ébranlera, refuge et port pour ses fils, dont je suis.

C'est en le regardant que je franchis enfin les barbelés pour me retrouver parmi les ruines. Et sous la lumière glorieuse de décembre, comme il arrive une ou deux fois seulement dans des vies qui, après cela, peuvent s'estimer comblées, je retrouvai exactement ce que j'étais venu chercher et qui, malgré le temps et le monde, m'était offert, à moi seul vraiment, dans cette nature déserte. Du forum jonché d'olives, on découvrait le village en contrebas. Aucun bruit n'en venait : des fumées légères montaient dans l'air limpide. La mer aussi se taisait, comme suffoquée sous la douche ininterrompue d'une lumière étincelante et froide. Venu du Chenoua, un lointain chant de coq célébrait seul la gloire fragile du jour. Du côté des ruines, aussi loin que la vue pouvait porter, on ne voyait que des pierres grêlées et des absinthes, des arbres et des colonnes parfaites dans la transparence de l'air cristallin. Il semblait que la matinée se fût fixée, le soleil arrêté pour un instant incalculable. Dans cette lumière et ce silence, des années de fureur et de nuit fondaient lentement. J'écoutais en moi un bruit presque oublié, comme si mon cœur, arrêté depuis longtemps, se remettait doucement à battre. Et maintenant éveillé, je reconnaissais un à un les bruits imperceptibles dont était fait le silence : la basse continue des oiseaux, les soupirs légers et brefs de la mer au pied des rochers, la vibration des arbres, le chant aveugle des colonnes, les froissements des absinthes, les lézards furtifs. J'entendais cela, j'écoutais aussi les flots heureux qui montaient en moi. Il me semblait que j'étais enfin revenu au port, pour un instant au moins, et que cet instant désormais n'en finirait plus. Mais peu après le soleil monta visiblement d'un degré dans le ciel. Un merle préluda brièvement et aussitôt, de toutes parts, des chants d'oiseaux explosèrent avec une force, une jubilation, une joyeuse discordance, un ravissement infini. La journée se remit en marche. Elle devait me porter jusqu'au soir.

À midi sur les pentes à demi sableuses et couvertes d'héliotropes comme d'une écume qu'auraient laissée en se retirant les vagues furieuses des derniers jours, je regardais la mer qui, à cette heure, se soulevait à peine d'un mouvement épuisé et je rassasiais les deux soifs qu'on ne peut tromper longtemps sans que l'être se dessèche, je veux dire aimer et admirer. Car il y a seulement de la malchance à n'être pas aimé : il y a du malheur à ne point aimer. Nous tous, aujourd'hui, mourons de ce malheur. C'est que le sang, les haines décharnent le cœur lui-même ; la longue revendication de la justice épuise l'amour qui pourtant lui a donné naissance. Dans la clameur où nous vivons, l'amour est impossible et la justice ne suffit pas. C'est pourquoi l'Europe hait le jour et ne sait qu'opposer l'injustice à elle-même. Mais pour empêcher que la justice se racornisse, beau fruit orange qui ne contient qu'une pulpe amère et sèche, je redécouvrais à Tipasa qu'il fallait garder intactes en soi une fraîcheur, une source de joie, aimer le jour qui échappe à l'injustice, et retourner au combat avec cette lumière conquise. Je retrouvais ici l'ancienne beauté, un ciel jeune, et je mesurais ma chance, comprenant enfin que dans les pires années de notre folie le souvenir de ce ciel ne m'avait jamais quitté. C'était lui qui pour finir m'avait empêché de désespérer. J'avais toujours su que les ruines de Tipasa étaient plus jeunes que nos chantiers ou nos décombres. Le monde y recommençait tous les jours dans une lumière toujours neuve. O lumière ! c'est le cri de tous les personnages placés, dans le drame antique, devant leur destin. Ce recours dernier était aussi le nôtre et je le savais maintenant. Au milieu de l'hiver, j'apprenais enfin qu'il y avait en moi un été invincible.

J'ai quitté de nouveau Tipasa, j'ai retrouvé l'Europe et ses luttes. Mais le souvenir de cette journée me soutient encore et m'aide à accueillir

du même cœur ce qui transporte et ce qui
accable. À l'heure difficile où nous sommes, que
puis-je désirer d'autre que de ne rien exclure et
d'apprendre à tresser de fil blanc et de fil noir
une même corde tendue à se rompre ? Dans tout
ce que j'ai fait ou dit jusqu'à présent, il me
semble bien reconnaître ces deux forces, même
lorsqu'elles se contrarient. Je n'ai pu renier la
lumière où je suis né et cependant je n'ai pas
voulu refuser les servitudes de ce temps. Il serait
trop facile d'opposer ici au doux nom de Tipasa
d'autres noms plus sonores et plus cruels : il y a
pour les hommes d'aujourd'hui un chemin inté-
rieur que je connais bien pour l'avoir parcouru
dans les deux sens et qui va des collines de l'esprit aux capitales du crime. Et sans doute on
peut toujours se reposer, s'endormir sur la colline, ou prendre pension dans le crime. Mais si
l'on renonce à une part de ce qui est, il faut
renoncer soi-même à être ; il faut donc renoncer à vivre ou à aimer autrement que par pro-
curation. Il y a ainsi une volonté de vivre sans
rien refuser de la vie qui est la vertu que j'ho-
nore le plus en ce monde. De loin en loin, au
moins, il est vrai que je voudrais l'avoir exercée.
Puisque peu d'époques demandent autant que

la nôtre qu'on se fasse égal au meilleur comme au pire, j'aimerais, justement, ne rien éluder et garder exacte une double mémoire. Oui, il y a la beauté et il y a les humiliés. Quelles que soient les difficultés de l'entreprise, je voudrais n'être jamais infidèle, ni à l'une ni aux autres.

Mais ceci ressemble encore à une morale et nous vivons pour quelque chose qui va plus loin que la morale. Si nous pouvions le nommer, quel silence. Sur la colline de Sainte-Salsa, à l'est de Tipasa, le soir est habité. Il fait encore clair, à vrai dire, mais, dans la lumière, une défaillance invisible annonce la fin du jour. Un vent se lève, léger comme la nuit, et soudain la mer sans vagues prend une direction et coule comme un grand fleuve infécond d'un bout à l'autre de l'horizon. Le ciel se fonce. Alors commence le mystère, les dieux de la nuit, l'au-delà du plaisir. Mais comment traduire ceci ? La petite pièce de monnaie que j'emporte d'ici a une face visible, beau visage de femme qui me répète tout ce que j'ai appris dans cette journée, et une face rongée que je sens sous mes doigts pendant le retour. Que peut dire cette bouche sans lèvres, sinon ce que me dit une autre voix mystérieuse,

en moi, qui m'apprend tous les jours mon ignorance et mon bonheur :

« Le secret que je cherche est enfoui dans une
vallée d'oliviers, sous l'herbe et les violettes
froides, autour d'une vieille maison qui sent le
sarment. Pendant plus de vingt ans, j'ai parcouru cette vallée, et celles qui lui ressemblent,
j'ai interrogé des chevriers muets, j'ai frappé à la
porte de ruines inhabitées. Parfois, à l'heure de
la première étoile dans le ciel encore clair, sous
une pluie de lumière fine, j'ai cru savoir. Je
savais en vérité. Je sais toujours, peut-être. Mais
personne ne veut de ce secret, je n'en veux pas
moi-même sans doute, et je ne peux me séparer
des miens. Je vis dans ma famille qui croit
régner sur des villes riches et hideuses, bâties de
pierres et de brumes. Jour et nuit, elle parle
haut, et tout plie devant elle qui ne plie devant
rien : elle est sourde à tous les secrets. Sa puissance qui me porte m'ennuie pourtant et il
arrive que ses cris me lassent. Mais son malheur
est le mien, nous sommes du même sang.
Infirme aussi, complice et bruyant, n'ai-je pas
crié parmi les pierres ? Aussi je m'efforce d'oublier, je marche dans nos villes de fer et de feu,
je souris bravement à la nuit, je hèle les orages,

je serai fidèle. J'ai oublié, en vérité : actif et sourd, désormais. Mais peut-être un jour, quand nous serons prêts à mourir d'épuisement et d'ignorance, pourrai-je renoncer à nos tombeaux criards, pour aller m'étendre dans la vallée, sous la même lumière, et apprendre une dernière fois ce que je sais. »

(1952)

LA MER AU PLUS PRÈS

Journal de bord

J'ai grandi dans la mer et la pauvreté m'a été fastueuse, puis j'ai perdu la mer, tous les luxes alors m'ont paru gris, la misère intolérable. Depuis, j'attends. J'attends les navires du retour, la maison des eaux, le jour limpide. Je patiente, je suis poli de toutes mes forces. On me voit passer dans de belles rues savantes, j'admire les paysages, j'applaudis comme tout le monde, je donne la main, ce n'est pas moi qui parle. On me loue, je rêve un peu, on m'offense, je m'étonne à peine. Puis j'oublie et souris à qui m'outrage, ou je salue trop courtoisement celui que j'aime. Que faire si je n'ai de mémoire que pour une seule image ? On me somme enfin de dire qui je suis. « Rien encore, rien encore... »

C'est aux enterrements que je me surpasse. J'excelle vraiment. Je marche d'un pas lent dans des banlieues fleuries de ferrailles, j'emprunte de larges allées, plantées d'arbres de ciment, et qui condui-

sent à des trous de terre froide. Là, sous le panse-
ment à peine rougi du ciel, je regarde de hardis
compagnons inhumer mes amis par trois mètres de
fond. La fleur qu'une main glaiseuse me tend alors,
si je la jette, elle ne manque jamais la fosse. J'ai la
piété précise, l'émotion exacte, la nuque convena-
blement inclinée. On admire que mes paroles
soient justes. Mais je n'ai pas de mérite : j'attends.

J'attends longtemps. Parfois, je trébuche, je
perds la main, la réussite me fuit. Qu'importe, je
suis seul alors. Je me réveille ainsi, dans la nuit,
et, à demi endormi, je crois entendre un bruit de
vagues, la respiration des eaux. Réveillé tout à fait,
je reconnais le vent dans les feuillages et la rumeur
malheureuse de la ville déserte. Ensuite, je n'ai pas
trop de tout mon art pour cacher ma détresse ou
l'habiller à la mode.

D'autres fois, au contraire, je suis aidé. À New
York, certains jours, perdu au fond de ces puits de
pierre et d'acier où errent des millions d'hommes,
je courais de l'un à l'autre, sans en voir la fin,
épuisé, jusqu'à ce que je ne fusse plus soutenu que
par la masse humaine qui cherchait son issue.
J'étouffais alors, ma panique allait crier. Mais,
chaque fois, un appel lointain de remorqueur
venait me rappeler que cette ville, citerne sèche,

*était une île, et qu'à la pointe de la Battery l'eau
de mon baptême m'attendait, noire et pourrie,
couverte de lièges creux.*

*Ainsi, moi qui ne possède rien, qui ai donné ma
fortune, qui campe auprès de toutes mes maisons,
je suis pourtant comblé quand je le veux, j'appa-
reille à toute heure, le désespoir m'ignore. Point de
patrie pour le désespéré et moi, je sais que la mer
me précède et me suit, j'ai une folie toute prête.
Ceux qui s'aiment et qui sont séparés peuvent vivre
dans la douleur, mais ce n'est pas le désespoir : ils
savent que l'amour existe. Voilà pourquoi je
souffre, les yeux secs, de l'exil. J'attends encore. Un
jour vient, enfin...*

Les pieds nus des marins battent doucement
le pont. Nous partons au jour qui se lève. Dès
que nous sommes sortis du port, un vent court
et dru brosse vigoureusement la mer qui se
révulse en petites vagues sans écume. Un peu
plus tard, le vent fraîchit et sème l'eau de camé-
lias, aussitôt disparus. Ainsi, toute la matinée,
nos voiles claquent au-dessus d'un joyeux
vivier. Les eaux sont lourdes, écailleuses, cou-

vertes de baves fraîches. De temps en temps, les vagues jappent contre l'étrave ; une écume amère et onctueuse, salive des dieux, coule le long du bois jusque dans l'eau où elle s'éparpille en dessins mourants et renaissants, pelage de quelque vache bleue et blanche, bête fourbue, qui dérive encore longtemps derrière notre sillage.

Depuis le départ, des mouettes suivent notre navire, sans effort apparent, sans presque battre de l'aile. Leur belle navigation rectiligne s'appuie à peine sur la brise. Tout d'un coup, un plouf brutal au niveau des cuisines jette une alarme gourmande parmi les oiseaux, saccage leur beau vol et enflamme un brasier d'ailes blanches. Les mouettes tournoient follement en tous sens puis, sans rien perdre de leur vitesse, quittent l'une après l'autre la mêlée pour piquer vers la mer. Quelques secondes après, les voilà de nouveau réunies sur l'eau, basse-cour disputeuse que nous laissons derrière nous, nichée au creux de la houle qui effeuille lentement la manne des détritus.

À midi, sous un soleil assourdissant, la mer se soulève à peine, exténuée. Quand elle retombe sur elle-même, elle fait siffler le silence. Une heure de cuisson et l'eau pâle, grande plaque de tôle portée au blanc, grésille. Elle grésille, elle fume, brûle enfin. Dans un moment, elle va se retourner pour offrir au soleil sa face humide, maintenant dans les vagues et les ténèbres.

Nous passons les portes d'Hercule, la pointe où mourut Antée. Au-delà, l'Océan est partout, nous doublons d'un seul bord Horn et Bonne-Espérance, les méridiens épousent les latitudes, le Pacifique boit l'Atlantique. Aussitôt, le cap sur Vancouver, nous fonçons lentement vers les mers du Sud. À quelques encablures, Pâques, la Désolation et les Hébrides défilent en convoi devant nous. Un matin, brusquement, les mouettes disparaissent. Nous sommes loin de toute terre, et seuls, avec nos voiles et nos machines.

Seuls aussi avec l'horizon. Les vagues viennent de l'Est invisible, une à une, patiemment ; elles arrivent jusqu'à nous et, patiemment, repartent vers l'Ouest inconnu, une à une. Long cheminement, jamais commencé, jamais achevé... La rivière et le fleuve passent, la mer passe et demeure. C'est ainsi qu'il faudrait aimer, fidèle et fugitif. J'épouse la mer.

Pleines eaux. Le soleil descend, est absorbé par la brume bien avant l'horizon. Un court instant, la mer est rose d'un côté, bleue de l'autre. Puis les eaux se foncent. La goélette glisse, minuscule, à la surface d'un cercle parfait, au métal épais et terni. Et à l'heure du plus grand apaisement, dans le soir qui approche, des centaines de marsouins surgissent des eaux, caracolent un moment autour de nous, puis fuient vers l'horizon sans hommes. Eux partis, c'est le silence et l'angoisse des eaux primitives.

Un peu plus tard encore, rencontre d'un ice-berg sur le Tropique. Invisible sans doute après son long voyage dans ces eaux chaudes, mais efficace : il longe le navire à tribord où les cordages se couvrent brièvement d'une rosée de givre tandis qu'à bâbord meurt une journée sèche.

La nuit ne tombe pas sur la mer. Du fond des eaux, qu'un soleil déjà noyé noircit peu à peu de ses cendres épaisses, elle monte au contraire vers le ciel encore pâle. Un court instant, Vénus reste solitaire au-dessus des flots noirs. Le temps de fermer les yeux, de les ouvrir, les étoiles pullulent dans la nuit liquide.

La lune s'est levée. Elle illumine d'abord faiblement la surface des eaux, elle monte encore, elle écrit sur l'eau souple. Au zénith enfin, elle éclaire tout un couloir de mer, riche fleuve de lait qui, avec le mouvement du navire, descend vers nous, inépuisablement, dans l'Océan obscur. Voici la nuit tiède, la nuit fraîche que j'appelais dans les lumières bruyantes, l'alcool, le tumulte du désir.

Nous naviguons sur des espaces si vastes qu'il nous semble que nous n'en viendrons jamais à bout. Soleil et lune montent et descendent alternativement, au même fil de lumière et de nuit. Journées en mer, toutes semblables comme le bonheur...

Cette vie rebelle à l'oubli, rebelle au souvenir, dont parle Stevenson.

L'aube. Nous coupons le Cancer à la perpendiculaire, les eaux gémissent et se convulsent. Le jour se lève sur une mer houleuse, pleine de paillettes d'acier. Le ciel est blanc de brume et de chaleur, d'un éclat mort, mais insoutenable, comme si le soleil s'était liquéfié dans l'épaisseur des nuages, sur toute l'étendue de la calotte céleste. Ciel malade sur une mer décomposée. À mesure que l'heure avance, la chaleur croît dans l'air livide. Tout le long du jour, l'étrave débusque des nuées de poissons volants, petits oiseaux de fer, hors de leurs buissons de vagues.

Dans l'après-midi, nous croisons un paquebot qui remonte vers les villes. Le salut que nos sirènes échangent avec trois grands cris d'animaux préhistoriques, les signaux des passagers perdus sur la mer et alertés par la présence d'autres hommes, la distance qui grandit peu à peu entre les deux navires, la séparation enfin sur les eaux malveillantes, tout cela, et le cœur se serre. Ces déments obstinés, accrochés à des planches, jetés sur la crinière des océans immenses à la poursuite d'îles en dérive, qui, chérissant la solitude et la mer, s'empêchera jamais de les aimer?

Au juste milieu de l'Atlantique, nous plions sous les vents sauvages qui soufflent interminablement d'un pôle à l'autre. Chaque cri que nous poussons se perd, s'envole dans des espaces sans limites. Mais ce cri, porté jour après jour par les vents, abordera enfin à l'un des bouts aplatis de la terre et retentira longuement contre les parois glacées, jusqu'à ce qu'un homme, quelque part, perdu dans sa coquille de neige, l'entende et, content, veuille sourire.

Je dormais à demi sous le soleil de deux heures quand un bruit terrible me réveilla. Je vis le soleil au fond de la mer, les vagues régnaient dans le ciel houleux. Soudain, la mer brûlait, le soleil coulait à longs traits glacés dans ma gorge. Autour de moi, les marins riaient et pleuraient. Ils s'aimaient les uns les autres mais ne pouvaient se pardonner. Ce jour-là, je reconnus le monde pour ce qu'il était, je décidai d'accepter que son bien fût en même temps malfaisant et salutaires ses forfaits. Ce jour-là, je compris qu'il y avait deux vérités dont l'une ne devait jamais être dite.

La curieuse lune australe, un peu rognée, nous accompagne plusieurs nuits, puis glisse rapidement du ciel jusque dans l'eau qui l'avale. Il reste la Croix du Sud, les étoiles rares, l'air poreux. Au même moment, le vent tombe tout à fait. Le ciel roule et tangue au-dessus de nos mâts immobiles. Moteur coupé, voilure en panne, nous sifflons dans la nuit chaude pendant que l'eau cogne amicalement nos flancs. Aucun ordre, les machines se taisent. Pourquoi poursuivre en effet et pourquoi revenir ? Nous sommes comblés, une muette folie, invinciblement, nous endort. Un jour vient ainsi qui accomplit tout ; il faut se laisser couler alors, comme ceux qui nagèrent jusqu'à l'épuisement. Accomplir quoi ? Depuis toujours, je le tais à moi-même. Ô lit amer, couche princière, la couronne est au fond des eaux !

Au matin, notre hélice fait doucement mousser l'eau tiède. Nous reprenons de la vitesse. Vers midi, venus de lointains continents, un troupeau de cerfs nous croisent, nous dépassent et nagent régulièrement vers le nord, suivis d'oiseaux multicolores, qui, de temps en temps, prennent repos dans leurs bois. Cette forêt bruissante disparaît peu à peu à l'horizon. Un peu plus tard, la mer se couvre d'étranges fleurs

jaunes. Vers le soir, un chant invisible nous précède pendant de longues heures. Je m'endors,
familier.

Toutes les voiles offertes à une brise nette,
nous filons sur une mer claire et musclée. À la
cime de la vitesse, la barre à bâbord. Et vers la
fin du jour, redressant encore notre course, la
gîte à tribord au point que notre voilure effleure
l'eau, nous longeons à grande allure un continent
austral que je reconnais pour l'avoir autrefois sur-
volé, en aveugle, dans le cercueil barbare d'un
avion. Roi fainéant, mon chariot se traînait
alors ; j'attendais la mer sans jamais l'atteindre.
Le monstre hurlait, décollait des guanos du
Pérou, se ruait au-dessus des plages du Pacifique,
survolait les blanches vertèbres fracassées des
Andes puis l'immense plaine de l'Argentine, couverte de troupeaux de mouches, unissait d'un
trait d'aile les prés uruguayens, inondés de lait,
aux fleuves noirs du Venezuela, atterrissait, hurlait encore, tremblait de convoitise devant de
nouveaux espaces vides à dévorer et avec tout cela
ne cessait jamais de ne pas avancer ou du moins

de ne le faire qu'avec une lenteur convulsée, obstinée, une énergie hagarde et fixe, intoxiquée. Je mourais alors dans ma cellule métallique, je rêvais de carnages, d'orgies. Sans espace, point d'innocence ni de liberté ! La prison pour qui ne peut respirer est mort ou folie ; qu'y faire sinon tuer et posséder ? Aujourd'hui, au contraire, je suis gorgé de souffles, toutes nos ailes claquent dans l'air bleu, je vais crier de vitesse, nous jetons à l'eau nos sextants et nos boussoles.

Sous le vent impérieux, nos voiles sont de fer. La côte dérive à toute allure devant nos yeux, forêts de cocotiers royaux dont les pieds trempent dans des lagunes émeraude, baie tranquille, pleine de voiles rouges, sables de lunes. De grands buildings surgissent, déjà lézardés, sous la poussée de la forêt vierge qui commence dans la cour de service ; çà et là un ipé jaune ou un arbre aux branches violettes crèvent une fenêtre, Rio s'écroule enfin derrière nous et la végétation va recouvrir ses ruines neuves où les singes de la Tijuca éclateront de rire. Encore plus vite, le long des grandes plages où les vagues fusent en gerbes de sable, encore plus vite, les moutons de l'Uruguay entrent dans la mer et la jaunissent d'un coup. Puis, sur la côte argentine, de grands bûchers grossiers, à intervalles réguliers, élèvent vers le ciel des demi-bœufs qui grillent lentement. Dans la nuit, les glaces de la Terre de Feu viennent battre notre coque pendant des heures, le navire ralentit à peine et vire de bord. Au matin, l'unique vague du Pacifique, dont la froide lessive, verte et blanche, bouillonne sur les milliers de kilomètres de la côte chilienne nous soulève lentement et menace de nous échouer. La barre l'évite, double les Kerguelen. Dans le soir doucereux les premières barques malaises avancent vers nous.

« À la mer ! À la mer ! » criaient les garçons merveilleux d'un livre de mon enfance. J'ai tout oublié de ce livre, sauf ce cri. « À la mer ! » et par l'océan Indien jusqu'au boulevard de la mer Rouge d'où l'on entend éclater une à une, dans les nuits silencieuses, les pierres du désert qui gèlent après avoir brûlé, nous revenons à la mer ancienne où se taisent les cris.

Un matin enfin, nous relâchons dans une baie pleine d'un étrange silence, balisée de voiles fixes. Seuls, quelques oiseaux de mer se disputent dans le ciel des morceaux de roseaux. À la nage, nous regagnons une plage déserte ; toute la journée, nous entrons dans l'eau puis nous séchons sur le sable. Le soir venu, sous le ciel qui verdit et recule, la mer, si calme pourtant, s'apaise encore. De courtes vagues soufflent une buée d'écume sur la grève tiède. Les oiseaux de mer ont disparu. Il ne reste qu'un espace, offert au voyage immobile.

Certaines nuits dont la douceur se prolonge, oui, cela aide à mourir de savoir qu'elles reviendront après nous sur la terre et la mer. Grande mer, toujours labourée, toujours vierge, ma religion avec la nuit ! Elle nous lave et nous rassasie dans ses sillons stériles, elle nous libère et nous tient debout. À chaque vague, une promesse, toujours la même. Que dit la vague ? Si je devais mourir, entouré de montagnes froides, ignoré du monde, renié par les miens, à bout de forces enfin, la mer, au dernier moment, emplirait ma cellule, viendrait me soutenir au-dessus de moi-même et m'aider à mourir sans haine.

À minuit, seul sur le rivage. Attendre encore, et je partirai. Le ciel lui-même est en panne, avec toutes ses étoiles, comme ces paquebots couverts de feux qui, à cette heure même, dans le monde entier, illuminent les eaux sombres des ports. L'espace et le silence pèsent d'un seul poids sur le cœur. Un brusque amour, une grande œuvre, un acte décisif, une pensée qui transfigure, à certains moments donnent la même intolérable anxiété, doublée d'un attrait irrésistible. Délicieuse angoisse d'être, proximité exquise d'un danger dont nous ne connaissons pas le nom, vivre, alors, est-ce courir à sa perte? À nouveau, sans répit, courons à notre perte.

J'ai toujours eu l'impression de vivre en haute mer, menacé, au cœur d'un bonheur royal.

(1953)

COLLECTION FOLIO 2€

Composition Bussière
Impression Novoprint
le 20 janvier 2016
Dépôt légal : janvier 2016
Premier dépôt légal dans la collection: avril 2006

ISBN 978-2-07-033777-4./ Imprimé en Espagne